三江源丛书

黄河源纪事

赵瑜 著

青海人民出版社

图书在版编目（CIP）数据

黄河源纪事 / 赵瑜著 . -- 西宁 : 青海人民出版社，2023.3
（三江源丛书）
ISBN 978-7-225-06443-7

Ⅰ . ①黄… Ⅱ . ①赵… Ⅲ . ①散文集－中国－当代
Ⅳ . ① I267

中国版本图书馆 CIP 数据核字 (2022) 第 258421 号

三江源丛书

黄河源纪事

赵瑜　著

出 版 人　樊原成
出版发行　青海人民出版社有限责任公司
西宁市五四西路 71 号　邮政编码：810023　电话：（0971）6143426（总编室）
发行热线　（0971）6143516 / 6137730
网　　址　http://www.qhrmcbs.com
印　　刷　深圳市国际彩印有限公司
经　　销　新华书店
开　　本　787 mm × 1092 mm　1/32
印　　张　5.875
字　　数　100 千
版　　次　2023 年 3 月第 1 版　2023 年 3 月第 1 次印刷
书　　号　ISBN 978-7-225-06443-7
定　　价　42.00 元

缘起

每一个在黄河下游生活的乡村世界里的孩子，可能都想去黄河的源头看一看，这是我们的饮水之源，也是我们对村庄以外的世界好奇的源头。一条河将我们的狭窄与世界的广阔打通，在我幼年时，总想着顺着村庄的河流，一直向上走一走，看看，究竟这条河经过了哪些地方，然而，这样的想法，在那样小的年纪无法实施，因为，我们最远只能走到邻近的几个村庄，那些河流在村庄绕着每一条路行进，那么多方向的支流，让河流成为一个一个的迷宫。

我的童年被一条小河滋养，束缚，甚至教育。而黄河那么壮大，我们该如何看到它的更为宽阔的模样。这成为我成长过程中的一个思考的动力和疑惑。可以说，黄河是一个充满了魅惑的话题，我们这些乡村的孩子，在充满了神话和迷信的故事中长大，仅仅厘清黄河与我自己的关系，就需要相当久的时间。

在我的家乡，河南省东部平原，除了夏天，我不知道河流与我们有什么关系。我们的生活过于封闭，春种秋收，大多数人的一生，都在自己家的院子里和几块农田之间奔波。很少有人到外面的世界看一看。我的父亲因为识字，早年在外面闯荡，从事过不同的职业。每一次，他从外地回来，带来外面世界的零食，同时也带来他一路的见闻。每一次，他从外面回来，家里总会聚拢过来很多同村的人，听我父亲讲他在外面所冒的险，所见的人，所历的事。每一次父亲外出回来，我在村子里小孩子中的地位便会得到很大的提高。这不仅仅是因为我给大家提供了零食，还因为，我的父亲可以带来外面世界的消息。

村庄和外界的关系，在我很小的时候，便由父亲传递给我。我在野地割草或者放羊的时候，躺在草丛中，看着天上飘忽不定的云彩，想，我长大了一定会离开家乡，因为，只有那样，才可以看到河流到底是怎样流到我的家乡的。

一直到念大学时，我才真正地近距离触摸黄河，依然是下游，我们到了开封的柳园口黄河，那时的我们多么青春，我们带了一口锅、一些米，用黄河的水，煮了一锅米饭，米饭中加了一些胡萝卜，在河岸上挖了一个土坑，捡了柴禾，将那锅米饭煮熟了。那是一锅黄河水煮熟的米饭，因为有了黄河的参与，所以，这锅饭对于我来说，有着格外的意义。几乎，这一锅米饭，成为我对黄河一次新的思考的开始。

如今想来，时间已经过去了二十余年，然而，仿佛，一想到那一锅米饭的味道，我的身体便来到了黄河的岸边。这样的记忆促使我梳理我的个人史，以及我与黄河的亲疏关系。这可能就是我写黄河的因由。

目录

contents

下部

黄河源头风物记

上部 黄河源头行走手记

阿尼玛卿　才让当周 摄

清澈○

抵达贵德以后，我开始思考一条江河的命名问题。

黄河，以水的颜色呈混浊的黄色而得名。这样的命名充满了地域的局限，因为，命名之人并没有沿着黄河向上追溯。向上游走，发现，在青海的贵德，黄河是清澈的。

同行的人拍视频，抒情，说，黄河真绿啊。竟然，像一个语病。

小雨。高原上的雨落在身上，总觉得重了一些。细细感受一下，不是重，是凉。便想，这些雨也是黄河的一部分。

我便拍照。拍完照，在相机里看到了清澈的黄河，觉得水流和人一样，生活在

达日黄河源　刘山青 摄

不同的地方，便有不同的性格。

一行人，都在贵德的尕让乡松巴村附近取了一小瓶水。我事后搜了一下，我所在的位置距离我的家乡兰考县有一千五百多公里。

如果我不取这样一小瓶水，这些水迟早也会流向我的家乡。只是，这些清澈的流水，从青海省流出，要走五千公里的水路，才能抵达我的家乡。

如果一个人，从青海奔波，走到数千公里以外的地方，那么，这个人还是在青海时的那个人吗？是的，没有变，而水呢？我们装在小瓶子里,融入黄河里,流经河套和山区，过四川，入甘肃，再过宁夏进入内蒙古，“几”字形在内蒙古境内写完，转入陕西和山西，才能进入河南。

我与黄河的关系，在青海变得模糊了。

黄河给了我什么？生命，生存哲学，人生参照，以及所有细琐的地域文明。

黄河距离我的童年相当远，我所生活的乡村是黄河的支流，那些小河和池塘装满了20世纪80年代的蛙鸣。但是，我以及我的父母亲，从来没有觉得黄河对我们有什么用处。

因为，每一年，春夏或者初秋，需要浇地的时候，我所生活的乡村缺水。河流里没有水，父亲便拉着水去浇地。装水的设备是一个厚塑料袋。因为架子车并不平整，路也是泥洼路，所以，拉水的时候，装水的塑料袋，会被架子车刺破。每每这个时候，我便派上了用场。父亲在前面拉车，小小年纪的我，坐在车子上，用手抓住向外溢水的地方。

然而，这并不是一个孩子能胜任的工作，只抓了一会儿，我的手便酸胀。手一滑，那袋子里的水便又溢了出来。

就这样，父亲拉着水袋，到了地里的时候，满满的一袋水，便只剩下半袋。

而作为孩子的我，最关心的，不是水剩了多少，而是，那个水袋子里，有时候会有两三只蝌蚪。我求着父亲用舀水的马瓢盛着那两只小蝌蚪，等再去家后面的大坑里装水的时候，将蝌蚪放进水里。

河里没有水的时候，河道便成了路，村庄也因为干旱而变小了，小孩子们没有水可以玩，满村子乱跑。村庄变小了。

一场大雨，河里有了水。水从我们村庄流向别的村庄，再从别的村庄流向更遥远的村庄。

我们在河里，淘洗割的草，在河里将夏天打发掉。有时候，我们一些淘气的孩子，往河水里尿尿，尿完了，我们跟着流水跑，想看看，我们的尿被冲到了多远的地方。直到我们累得趴下了，才发现，河流仿佛是没有尽头的。

这是河流给我最初的教育。

夏天的大雨将村庄里的人赶到了房间里，一些来不及收拾的鞋子被冲到了大街上，邻居家枣树上的枣子也被冲到了家后面的大坑里。

我们听收音机，有时候，也用窗纱做的渔网去捕鱼。河里的水被灌满了以后，村庄原来的小路被淹了。要去村外的地里，有时候，需要游泳。我们两只手举着自己的衣服，踩着水过河，河很窄。只是，年纪大一些的孩子，故意逗我们笑，结果，一笑，没有了力气。两只手就放下来，衣服便湿了。

夏天，风一吹，衣服便干了。

衣服上沾着的一些泥巴，也沾在了身上，晚上睡觉的时候，一摸，才知道，这是河流给我们的赠品。

那时一到下大雨的时候，村子里唯一的一口井，便会被大雨灌满。青蛙、树枝，以及废弃的衣物会落入井里。

有时候，大人们会用铁桶将井里的东西全都打捞出来以后，再往家里的水缸里挑水。

刚打上来的井水，孩子们若是想喝，大人们往往会让孩子等一等，说是要澄一澄，澄清了，水才能喝。

不然呢，不清澈的水，在我们乡下，叫作“呜嘟水”。

第一次见黄河水，却已经是多年以后，我上了大学。

在离家乡不远的小城。黄河就在城北不远处。

我们一群写诗的人，去黄河边上找诗句。

一群人，带了米，带了锅，带了几根胡萝卜。

我们在黄河滩上支起了一口锅，捡了干枯的芦苇，用黄河水煮了一锅米饭。果然，黄河水是黄的，是秋天，有水鸟，也有船只。那是 20 世纪 90 年代的黄河，河面安静，那混浊像是一种警告。从小我们就听到的那句话，“跳进黄河里也洗不清”，多么诚实的幽默。

很多细节都已经模糊，然而，那一锅用黄河水煮熟的米饭，很香。柴禾，黄河，诗句，都塞在了那青春的记忆里。

黄河从此不只是幼年时的想象，不仅被我们写成了诗句，还煮成了一锅饭，吃到了胃里。那米粒有黄河水的味道，碱性的黄河水适合煮饭，黏稠，混浊，还有一种母亲的味道。

说黄河是母亲河，更多的是黄河水养育了岸边的人。

因为河里有鱼，河水澄清了，可以煮饭、洗衣，也可

贵德黄河丹霞　才让当周 摄

以洗干净我们的身体和灵魂。

工作以后，我看了长江，见了大海、高原上的湖泊，还会坐邮轮出国旅行，都是在水上。海南九年，岛屿的漂流感更加强烈。我的胃部的认知，几乎被更新。海水里的食物在我的胃里住下来。海洋的风，吹来许多我从未见过的鸟和植物。我的认知的部分，一点点地扩大，从乡村的河流开始，我一步步进到了海边。

然而，让人疑惑的是，无论我多么愿意承认自己的改变，我几乎欢呼自己对故乡的背叛，但是，有一点，我无法摆脱。那便是，我对水的认知。我身体里，最初的水，是黄河里的水。

如果说人的身体也是一个地域，那么，黄河就是我的水土。

那种混浊感，在幼小的时候，并不知道，这是一种肤色，或者是思想的烙印。而成年以后，每一次从家乡出发，向中国的各个地方行走，交谈，饮食，我才能感觉到，我的局限是黄河，我的判断的依据是黄河边上的庄稼，而我的人性的底色，是在黄河边生活了大半生的父母亲的有限。

在海南，每一次吃鱼，我都会想起家乡。海南人吃鱼，会用清水煮，而在我的家乡便不行。因为，黄河里的鱼，水浅，它们吃草长大，刺多。鱼生活的水域，泥沙丰富，鱼肉里也沾了一些淤泥的土腥味。所以，郑州的饭馆里，黄河鲤鱼从来都是红烧，而不是清蒸。因为红烧，便失去了黄河自身的味道。

黄河自身的味道，便是泥土的味道。黄河流经哪里，便是哪个地区的味道。

李白写诗，说，黄河之水天上来，是说黄河从高处流下来，从高原一路向下，拐弯至草原后，又从山谷里流到平原上来。如将黄河的落差算下来，有数千米的高度，不就是从天上来吗？

天上的黄河流到我的童年里，便剩下几条支流里的小鱼。

相信大多数人的一生，都和这些庞大的河流无关。我的前半生，只需要一口井，一条在田野间流淌的小河便足够丰盛。

黄河与我的关系，更像是一个词典。哪怕是我用尽一生，也只能熟悉黄河里有限的物事。而黄河，只是派出几条小的河流，便喂养了我的整个村庄，整个童年。

年纪越长，离黄河越近。离开家乡，在中国南方生活的多年，我仿佛每一刻都活在黄河与大海之间。

黄河被我随身携带，成为身份里的一弯流水，一声蛙鸣。

然而，不论我走多远，内心里的黄河都是混浊的，这是我对万事万物做出判断的一个重要参照。这混浊不只是在介绍黄河所流过的区域的土壤的状况，差不多，它还是一个生存哲学的佐证。在黄河中下游区域生活的人，是非观比较模糊，他们更关注的是有没有食物，以及好不好吃。

这是最为中庸的价值体系，然而，这样的生活观念，和黄河水曾经的泛滥有关系。黄河灌溉了沿岸,养育了沿岸，同样，也曾经伤害过两岸的人。

所以说，这是黄河带给中原人的哲学。是非几乎在一闪念间，便可以相互转化。这样的人生哲学，让活着的意义变得具体、世俗、缺少灵魂。

灵魂在哪里，需要黄河流域的人不停地出走，才能找到。如果一个人一生都只生活在黄河岸边，我个人觉得，他们会被黄河捆绑，成为一个混浊的人。

然而，在贵德，我第一次见到如此清澈的黄河水，人生的某个逻辑仿佛一瞬间被瓦解。

原来，黄河的上游也像我们的少年时光一样，是清澈的，是细小的，是欢快的。

海拔 2000 多米的贵德，多是丹霞地貌。黄河两岸的

达日黄河源　刘山青 摄

玛多黄河源 杨少英 摄

山，在细雨中色彩斑斓。朱红、黛青、月白、砖黑。尤以红色的面积最大。

而河水的绿，在群山之间奔跑，水将山隔开，让山与山之间有了距离，让滩地长出芦苇和青草。

碧绿的黄河，像是一道光，照进了我思想的黑洞里。让我知道，事物的多重面向，以及，多个段落。

而我，生活在黄河中下流域，如果不来看一看贵德的黄河，便不知道，黄河的每一段都有不同的面貌。而这个世界，所有的真相，也都和黄河的段落一样，有多种描述。

所以，当我将那一小瓶碧绿的黄河水，写上标签放进盒子里的时候，我突然感觉，我放的不只是数滴清澈的黄河水，而是一段证据。

那些在日常生活里，我们看不到的真实，那

些在家乡的地域里，我们想象不到的万物的长短，如今，都被我装进了那个小瓶子。

贵德，松巴村，清澈的黄河水，还有我仿佛已经理解的世事变化，都在这一段河流的清澈里找到了答案。

路过玛沁，大雨。

高原正在给我们上课，几公里之前，还是艳阳天。我们在松巴村看一棵千年的大树，九个人张开双臂合抱，才能抱住这一棵树。

而现在，大雨将我们包围，比起中原的雨，高原的雨更急切。中原的雨懂事儿，常常派风和雷先通知一下，等着千家万户的人都将衣服收了，才泼洒下来。而高原，雨几乎是从阳光的末尾，潜入云层，然后突然就泼下来。雨滴在空中收纳了几粒石子，三两片树叶，砸在玻璃上，格外响。

车队的首车不停地用电台播报路况信息，然而车速一点也没有减下来。师傅们像是知道我们这些游客喜欢他们在雨天里展示技艺。雨刷加速后的嗒嗒声，雨滴砸在玻璃上的噼啪声，以及轮胎快速轧过石子路时的嗞嗞的声音。

大雨将世界没收。

电台里传来一号车的声音，说是，同志们，我们已经冲出雨区，现在的天空好看啊。

这样的描述充满了虚构感，然而，我们还没有回复，车子已经冲出雨区，光从云层里袭来，天空像一个水墨大师正在摹绘的作品，未完成，却已经有了几多层次。

雨刷停止以后，我们像看到了一个谜底一样，开车窗，果然看到一片小湖泊，清澈的绿，泛着波光，怎么说呢，它太活泼了，让我们觉得似曾相识，就像高原随手写给我们的一张明信片一样。

湖边是成群的赤麻鸭，它们悠闲而骄傲，丝毫不受汽车的惊扰。一号车上的导游近乎急切地知会我们，快向左手看，一群野驴，正在玩耍。导游咬字有特点，“耍”字少了 h 的音节，听起来很陌生。

藏野驴　文德 摄

可可西里大地云海　张小强 摄

便看到了那野驴，它们是被大自然分配到这里来负责美的，长鬃毛，更像是马。白色，棕色，黄色，它们干净，有修养，我们聊天时，说它们像是有学历的驴子，原话是：像是刚刚从某所驴子的本科院校毕业。

一群人便笑。

导游在前车介绍野驴的个性，说，它的好胜心非常强，如果有人骑了摩托车在它们旁边飞驰而过的话，野驴会一直追着车子跑，直到超过车子，才停下来看看那摩托车，意思是，你跑不过我的。

真有趣啊。

我们便想验证。司机师傅打了一下左转灯，向着湖边的野驴吹了两声口哨。师傅果然是江湖中人，口哨清亮，直抵那野驴的群落。师傅开始加油门，发动机的声音由轻松的弦乐到了重金属的贝斯声，车快速向前奔驰。

那群野驴像是接到了挑战书一般，一头肥壮的野驴突然奋蹄跑了几步，其他无数只野驴便跟着它跑了起来。

我们在车子里尖叫着，野驴真的要和我们一起比赛了吗？

已经进入了高海拔地域，手机里“指南针”的海拔数字一直在变化，4550，4560，4570，车子一转弯，我一声惊叫，说，到 4600 了。是的，我们行驶在海拔 4600 米的高原上。同车的小林医生建议我偶尔要深呼吸一下，这样可以吸入更多的氧气。

然而，我们在高原上激动地喊叫，心跳加速，有那么一瞬间，身体的重量在减轻，眼睛像是被装了一个扩大的装置，眼前的景致有些广角，时而清晰而立体，时而因聚焦不准而模糊。有些像醉酒，但又不同，是一种完全陌生的身体的亚敏感状态。亚敏感,嗯,我终于捉到了这个词语。

缺氧所造成的感觉迟钝，以及因为欢喜而激动的心跳加速，这所有的感官反应综合在一起，让我对高原有了更多维度的理解。

然而，野驴让我们自卑。它们骄傲、壮硕，它们奔跑的样子，让我想到了一个词语："自由"。野字与很多动物组合在一起，都是融洽的，比如，野鸭，野马，越野车，野孩子。然而，与野驴组合在一起，便有了一股难以解释的贬义。如果将野驴的名字改为"自由的驴子"，那么，便更符合它们奔跑的样子。

我的内心戏显然过多。

野驴奔跑的速度极快，然而，我们的车子是一辆超大号的越野车，发动机飞转，轰鸣声中，我们很快超过了野驴。那群驴子，并没有像导游说的那样，奋力追逐我们，而是转过头去，相互蹭着脖颈说了几句什么，它们竟然低下头来在湖边饮水。

仿佛此刻，我们才一下子惊醒，接下来，我们也要和这一群野驴一样，去喝一碗鄂陵湖里的水，是一个仪式，但是，我们都充满了期待。

导游说，鄂陵湖里的水，偏咸，但是，这是实验室的测定，从口感上，我们并不能明显感觉到。

扎陵湖鄂陵湖　蔡征 摄

看到路上的野驴是如此壮丽，便想，是不是因为那湖水的咸，给了野驴力量。

网络上介绍鄂陵湖，有两个版本，一则说鄂陵湖是高原上最大的淡水湖，一则却说是微咸水湖。微咸，像是外卖口感的介绍一样，充满了亲历感。

鄂陵湖正被风吹着，这里的风脾气并不坏，大概与我们到来的时间有关，正是盛夏，风将湖面吹皱，一群人站在湖边的时候，总会有激动的人大喊几声，仿佛要将这么多年来，我们对黄河的感情，从家乡带过来，扔进这湖里。

湖上有野鸭，在远处，还有一些白色的鸟。再往远处，是风，是接近于虚无的河流。

湖与河流的关系很难描述，湖更像是河流的驿站，河流一路风尘，到了湖泊这里，寄存一下疲倦的灵魂，然后又继续向下游流去。没有湖，河流会枯，会病，会被季节和天气打败。而有了湖，河流便像有了生命的存折一样，只需要从上游过来，输入密码，便取出早些年存在这湖里的水，然后，继续往下游的某处去旅行。

鄂陵湖的清澈让我想到下游的黄河的混浊。黄河水经过地域的变化，被地域文化所侵犯，成为地域的一部分。然而，终究，黄河是包容的，它带着沙，带着泥，流向大海，让河水得了永生。

河流如果不流向大海，像一个故事夭折了一样，最终没有结局。而所有这些，均是我在下游生活了多年，从未想过的事情。

黄河必须在不同的湖水里停顿，这是积蓄，是酝酿，更是一次梳理。

是时候喝一碗鄂陵湖里的水了。我们喝下的不仅仅是一碗黄河源头的水，还包括黄河在最初时候的一些想法。

团队里早有人备好了桌子，摆好了小碗，然后有人去湖边取水。

水是清澈的，但是，只要一取水，湖边的泥沙和水草便立即让水变得混浊，需要等一会儿。混浊后的鄂陵湖水像极了我家乡的黄河水，会漂浮着水草，以及沙粒，自然也有我半个童年。

念大学时成立了一个诗社，有一年秋天，我们到城市十几公里外的黄河边上找诗句。带了锅碗瓢盆，在黄河边煮了一次米饭。黄河的水自然是混浊的，怎么办呢，我们取了水以后，放在河边的沙滩上澄清。半个小时左右，水里的沙泥沉淀到容器的下面，而上面的黄河水便清澈了。

从那时起，我们所有的人，都明白了，所谓清澈的东西，不过是需要时间，时间自然会梳理清楚一切。

多年前吃黄河水的印象已经模糊，黄河的滋味，早已经化成时间的颗粒，被记忆风化，丢弃。而如今，站在鄂陵湖边上，突然就又想起二十年前的事。那时候的我们，多么青春啊。

黄河不只是地理意义上的河流，它还属于时间意义上的，甚至，每一个生活在黄河边的人，身体里也都住着一条河流。

我几乎是一口喝下了鄂陵湖的水。凉，微甜。是的，人的感官，并不能体味到水里的微咸，相反，在少量摄入温度偏低的水的时候，低温和甜离得近，如果饮料经过加热以后，甜来得便要迟钝一些。

大家喝完以后，相互看了一眼，似乎想在别人的表情里找到一粒盐的味道，结果，大家都说甜。

事实上，感受是会受别人的影响的。在一群人中，当一个人说出鄂陵湖的水是甜的，那么，这个字便瞬间被在场的所有人捕捉到。人们会在短时间内回应这个字的内蕴，直到感官的系统和理智的血液流到一起，那么，甜便从水的末尾来了，从舌尖处向思想的深处延伸，直到看到所有人的笑脸，我们才确认这件事情。

鄂陵湖的水是甜的。

这个结论是我亲自参与后的感受。我自然知道，一碗水并不能代表整个鄂陵湖。水与水虽然融化在一起，然而，水与水又仿佛不完全相同。我们喝下的鄂陵湖的水，既属于鄂陵湖，又小于鄂陵湖，是鄂陵湖中乐于接受我们的那部分。

如果把鄂陵湖分成一千份，那么，我们喝下的，只是具体而局部的水。然而，对于庞大的时代来说，我们每一个人都活在鄂陵湖的局部和边缘。是的，我们只能活在有限的空间里，只能吃到有限地域的水。

水必然会通过流动而抵达无限。湖水通过流向下游，直抵大海，便成了无限的水。

有时候想，人类也是如此，我们在一开始的时候，被家乡的水土养育，便被家乡塑造和约束，直到有一天，我们离开家乡，越走越远，越走越开阔，我们从一个有限的人，渐渐变成了一个无限的人。

一碗鄂陵湖的水将我带回到家乡，黄河下游的一个村庄。夏天结束的时候，黄河里的水会被引到我们村庄附近的小河里。我们便去捉鱼。捉到鱼了,父亲便会说,有些鱼，不是黄河里的鱼，很陌生。

那时候，父亲不知，他以往所见到的黄河里的鱼，都是下游的鱼，而有一些鱼会随着水流从上游过来。

父亲不许我们吃那些他没有见过的鱼，为了恐吓我和哥哥，他甚至编造了一些谎言，说吃这样没有见过的鱼，舌头会中毒，从此，再吃不出瓜是甜的。

多年以后，我自然早已经明白父亲故事的荒诞，不仅如此，我还知道，当一个人遇到陌生的东西，为了内心的安全，本能地会丑化自己并不理解的事实。这不仅仅关涉一条鱼，还几乎是一种荒谬的哲学。

鄂陵湖在黄河的上游，接近源头，又或者说，鄂陵湖和扎陵湖就是黄河的源头，是下游的代理的母亲。黄河从清澈的扎陵湖和鄂陵湖那里流淌，出青海，入甘肃，再入宁夏、内蒙古、山西，写了一个“几”字，一头扎进了河南，

鄂陵湖风光　旦正才让 摄

然而在郑州又拐了一个大弯，直奔山东的入海口而去。

在流向大海的过程中，黄河由一开始的清澈，变得渐渐地混浊，由高原入峡谷，由草原入平原，悲欢也好，宽厚也好，每一个喝过黄河水的人，都会有不同的理解。

而黄河水的滋味，自然包含着我们这一生对黄河的理解。甚至，对于我个人来说，黄河的滋味，也包括父亲对黄河的理解。以及，我对父亲的一些理解的逐渐的修订。

七成饱。深呼吸。不要饮酒。不要做剧烈的运动。还有，尽量不要洗浴。

这是带队的导游给我们这一行人的提醒。

我时常深呼吸，空气里到处是雪融化以后的气息，凉，青草味道，石头被雨水冲洗干净后的味道，鸟儿的翅膀展开以后羽毛从空中飘落的味道。其实，这里的空气是一群野驴在草原上奔跑过后的味道，总觉得有那么一些粗野。

自然不会饮酒的，在平原生活，我也不喜欢喝酒。

到玛沁的第一夜，餐后，便有些头痛。和平时午睡过头后的头痛不同，高原气压所带来的头痛是一种磁场的痛，痛的部位是全面的，仿佛距离我的头半尺以内的空气，都是痛的。

我想看一看，我头痛时的样子，在卫生间里，对着镜子照了一会儿，发现，我依然慈祥着，并无任何异常。头痛是没有形状可以抓到的。

同行的高医生认真地听了我的描述，在我说到头痛的时候眼睛老想闭上时，他笑出声来，劝我不必担心，并说，这是非常轻微的高原反应。他给了我一瓶药，蓝色的胶囊，说明书上的主要原材料，也是红景天。

这两天，红景天、葡萄糖，以及高原安，我吃了不少。这种预防式的药物，更多的是一种愿望的清单，仿佛吃了以后，便有了和高原谈判的钥匙。

高反并没有影响我们走路，只是影响了一些感受世界的能力，比如，车子行驶在原始的石子路上，轮胎和石子摩擦发出的好听的声音，在我的耳朵里会被放大。

有间接的耳鸣。他们说,窗外有岩羊。我立即开了窗子,仿佛,身体里的一些噪音立即远去了。我听到了高原上的风,汽车发动机的声音,以及不远处半山上的羊群。羊是灰色的,远远的轮廓像是印在山上的壁画。有那么一瞬间,我仿佛听到了它们的叫声。是幻听,它们并没有发出任何声音,像一个电影的幕布一样,挂在山坡上。我们的车子“哗”的一声,便超过了它们。

深呼吸的时候,能感觉到身体里的氧气正在渐渐增多。海拔仍在升高,然而,我正渐渐恢复成常态。突然觉得,高原的空气像一个新的制度一样。我们每一个内地来的人,都在调整自己的呼吸节奏,以适应这里空气的氧气含量。

在高原,一天里,我深呼吸的次数,大抵比过去在平原时一个月都要多。深呼吸时,像是一个人往自己内心深处跳,总觉得自己是陌生的。

高原是高的,是深的。所以需要深呼吸。那么这里的植物呢,动物呢,那一匹匹奔跑的野驴呢,优雅而轻盈飞翔的鸟儿呢。它们仿佛从没有停在那里深呼吸过。它们就是高原本身。

在玛多的那一夜，住的旅馆里有氧气，所以，我体会到了睡眠的深与浅。前一天晚上，因为高反的发作，头痛，夜间醒来过几次，有意识地深呼吸。然后又睡去。总觉得睡在浅层里，仿佛睡着的时候，某种意识还在醒着。

而在玛多，因为有了氧气，身体几乎放松为日常的状态，睡得深沉而投入。第二天的早晨，在海拔 4700 米的玛多县，我感觉身体正变得轻盈。头脑里仿佛刚刚升级了系统的手机桌面，计算器一直开着，不论谁说出什么样的数字，我都能瞬间计算出来。

我有些得意。觉得传说中的高原反应也不过如此。

然而，因为前面几天吃的一直是牛羊肉，在高原上，饮食却是惨淡，仿佛我的胃口一直在高原上给我出题，而答案却找不到合适的蔬菜。

只好越吃越少。

自玛多出来，又一次返回玛沁，目的地是阿尼玛卿雪山。

盛夏的阿尼玛卿雪山有常年不化的积雪。盛夏，雪，这样矛盾的词语堆放在一起，让我们觉得有些虚幻。

我们一抵达便看到了那雪山的主峰。雪就在不远处，爬上一个雪山这边的主峰，可以近距离看雪山。

我们一群人，仿佛忘记了我们在海拔 4600 米的高原上，年轻一些的对着雪山大喊，他们抒情的方式单一。

导游说，对着雪山主峰许愿，可以实现。

不仅如此，他们还带了许愿时用的一种藏族献祭抛撒的吉祥物，叫作“龙达”。一张小小的纸片上印着藏传佛教中的六字真言。

山峰上挂满了经幡，经幡上有风，仿佛是风在念诵经幡上的字。

我们这些内地人，并不懂如何跨越经幡，大多数时候，直接从经幡的绳子上踩过，或者是跨过。而与我们同时上山的藏族人，他们要慢上许多，每一条经幡，他们都要耐

阿尼玛卿　才让当周 摄

心地举高了，然后，从下面钻过来。只是这细微的区分，便已经标注了身份。信仰让他们充满了耐心，面对一根一根的经幡的绳子，他们像是在做统计一般，举上去，钻过，再举上去，再钻过。每一次举起那些经幡，对他们来说，便是功德。

并无石阶通向山峰，只有那种自然主义的小径。在风声里，我们一行人先后爬上了玛卿岗日对面的小山峰，距离阿尼玛卿的雪峰不到一百米。因为是夏天，雪被阳光化去了一部分，雪被风吹成了灰色，或者是被天空的云染成的灰蓝色，有一些山坳处，是纯白的，便显得格外耀眼。

在山冈上，看高原的草甸，更丰富。这样缺少氧气的环境里，草却是那样的绿。总觉得这里的草大于我们平原的草。

有藏族人在山冈上，迎风撒龙达，一边撒，一边念念有词。我们便也模仿，念什么呢，一些近期的小愿望。安康，亲人，物质，无非是世俗的温饱的东西。我也撒了一打龙达，撒的时候，还专门拜托了同行的友人拍照片，像是要将不可能储存的欲望，存在一张照片上。

照片拍不下我的心理活动，那些无法说出口的世俗欲望，都在照片的背后。

然而，撒完龙达，我便有一些晕眩。大概是我刚才的动作太大了。所有的人都忘记了在高原，他们用平原上的习惯来对待高原上的雪山。他们带来了平原上的世俗的愿望，有那么一瞬间，我感觉到，天上的云变得黑了。

只是幻觉。

风仍然在经幡上，远处的绿依然好看。

雪山因为海拔高，而常年不融化，形成了一种自然现象。人类以这种奇怪的自然现象为神奇，甚至在日常生活里神化一座山上的雪。我觉得，这至少是一种有现实依靠的敬畏。

平原上的人只是害怕，怕生活的穷困，怕生命的无常，而他们敬畏的东西却少。没有山，便没有山神；没有湖泊，也缺少河神，有的是什么呢？是做小买卖的人家供奉的财神。仿佛那样的供奉和敬畏无关，更多的是像到观音庙去求子一样，是一种现世的交易。

我在阿尼玛卿雪山的风中听到了一些不同的内容，中原的风，大多停在在树叶上，在窗子上，在雨里，在阳台晾晒的衣物上，却和人的内心毫无关系。而当我站在高原上的时候，我感觉到了一种空旷的孤独感，风没有来处。风到来之前，我们看不到风的样子，没有树给我们报信，是一个谜语。

而在雪山上，风念诵出经幡上的字句，我听懂了，那风是从远处来朝圣的，它们带来不同地方的信息，带来慈悲也带来愤怒，带来了好消息，也带来了坏消息。这些风在经幡那里停留后，被分配到不同的经幡那里，它们读完了不同的内容之后，仿佛便完成了一次轮回。在雪山那里歇息一下，转身又去了别处，去传递消息。

下山的时候滑了一跤，重心失去了，半躺在山上一会

阿尼玛卿　才让当周 摄

儿，雪峰半山的石头，格外的凉，闭上眼感受了一下四周的风，感觉像是一部电影的夜晚的剧情，有秋意，有孤独感。有那么一瞬间，我站起来的意志有些弱，就觉得躺在那里，内心里的一些磁场是安静的。然而，大多数人已经下山去了，我必须站起来，站，起来。我觉得我正在与身体的某种平衡做斗争，挣扎着，心跳得好快。

坐上车，没有停，便离开了雪山。石子路难走，像施工后忘记做后续的工作。弯道也甚多，我闭眼平复心跳的时候，发现，我正陷入思维的迟滞，头有些晕，这和汽车正疾速行驶在盘旋的高原戈壁路的崎岖有关，然而，我感觉难以梳理的，是，我的时间。我的内心里的秒针突然停止。

先是晕车的症状，司机师傅的音乐侵略了我，后座的两位医生的聊天内容正在模糊。我将头紧紧地靠在座椅上，我觉得，只要将眼睛闭紧，那么，过一会儿，心跳平复，就会好的。

时间正在变形，被拉长，像高温后融化了的蛋糕，有那么一瞬间，我感觉到我的头脑里被塞入无数个舞蹈的人。

他们热烈，身体倾斜，一会儿拥抱在一起，一会儿跳跃起来。我的头部正在变成方形的，仿佛还有一个公共汽车站，有那么一秒钟，汽车的喇叭声响起。我的意识瞬间从方形的脑袋里逃离。

然而，我却没有了力气。时间被截，所有的时间都堆在了我的身体的上游，我焦虑地看着我的时间一秒一秒地都在头部，不往身体外面流动，我的时间竟然停止了。

车子的晃动伴随着我，我的认知还在，我在一辆疾驰的车子上。然而，我的眼睛要用力地闭紧，有很多内心里储存的想法，才能不跳出来。上午刚刚存到了水瓶里的一朵花，这一会儿在我的脑海里，颜色竟然是黑色的。

我在努力地找回自己，潜意识里在自己的记忆里打开了一个又一个抽屉，试图找到上一次晕车时的症状，好梳理一下自己现在的状态，是不是晕车了。

这清醒的几秒钟，我只听到了轮胎和石子摩擦的声音，这声音由小及大，一瞬间在我耳边滑过去，之后，便没有了声音。

我又感觉到了舞蹈的人，在我头部的最上面，他们正在庆祝一些什么，我无法放大，就像我在电影院里，找不到鼠标一样，此刻，我无法将我头脑里喧嚣的部分放大。他们既和我有关系，又仿佛只是临时的一场意念。

我特别想摸一下我的头，但是，我没有力气。只有眼睛一直用力地紧闭着，仿佛，眼睛一睁开，我便会被车速送进另外一场晕眩。

闭着眼睛，我与世界的关系开始疏远。色彩没有了，距离感没有了，连耳朵听到的声音也缺少了注释。

仿佛我只能回到一种黑暗的想象里。这黑暗是我的另外的住所，我想把所有不愉悦的情绪一下子都扔在这里。然而，显然，就像时间的停滞一样，我的情绪也很快占满了我此刻的黑暗。占满是一种什么样的感觉呢，仿佛无法描述，因为，占满，只是一种情绪的累积。

我的时间停在了雪峰下面，风吹过经幡的声音，龙达四处飘散，带走了一些世俗的愿望、一起行走的人在山冈上的对话。果然有勇敢的人，下到了山谷的谷底，然后，又向对面的阿尼玛卿雪山的半山攀去。他们在谷底时发现了什么，惊讶的叫声打破了我们的平衡，我们看向他们，一时间，他们也成为风景的组成部分。当我们被风声吸引，那么,我们的时间便成为风声了。当我们被谷底的人们吸引，我们的时间同样送给了他们。这些身体和意志都健硕的人，终于到达了雪峰的底部，他们带回来一小瓶千年不化的冰雪。惹得我们羡慕，总觉得，他们获得了一份来自久远年代的书信。

我赞叹过的内容太多，无法一层一层地剥开，我发现，我在高原，变成了一个时间模糊的人。

时间是一个又一个抽屉，我们打开，储存，关上，完成一秒钟,或者一分钟。时间是有顺序的吗？在日常生活中，仿佛是有的。不然，手表便没有了意义，阳光、月亮都只能成为一个普通的证物。而从阿尼玛卿雪山上下来之后，我的时间的顺序丢失了。时间在我的脑子里堆积如山，一个又一个电话号码，一个又一个红绿灯，颜色、声音、事物，都像一阵风一样，吹啊吹的，他们嘈杂，无法调节。

我只能闭上眼睛用力地抵着汽车的座椅靠背，仿佛只要用力闭眼，就可以将内心里的空间打扫清晰，重建秩序。

秩序是什么呢？是日常生活，是由声音和气味组成的一个多维的世界，差不多，秩序对于感官来说是有侵略性的。而在高原上，我对秩序的要求降低，只要可以睁开眼睛看外面的世界，可以自由地呼吸，又或者，只要我可以在车上用手机拍下一只鸟从湖面飞起来的瞬间，我便是一个容纳了高原的人。

现在，我正在意识深处将高原推出体外，先推出一片野花，它们那么轻微，像一首诗歌的中间的几句，色彩斑斓，又悠扬淡远。再推出一群野驴，它们习惯奔跑，头高高地昂着，像一群雕像突然连接了电线，在黑暗的舞台上有了奔跑的可能。接下来，我便陷入想象力的黑暗，世界仿佛又停止了几秒钟，我的心跳在加速。安全带可能系得太紧，我的手不能动弹。我试图找一个鼠标，摁一下减速键，好让心跳慢下来。

汽车电台又在播放导游的解说词，我每一个字都听不到，声波被身体里的黑暗磁场吸收，变成另外一种暗黑。我的手融化在感觉的黑暗里，触碰不到任何东西。声音也融化在黑暗里，只有心跳在扩大，像一个石子投进湖水里泛出的涟漪，然而，一圈一圈的也是黑暗的。这些黑暗的想象既不连续，也缺少证据，几乎都是一瞬间的温差。

后排座的医生用手触碰了一下我，我感觉到了身体的开关被打开。原来，我陷入在黑暗里，脸色越来越难看。高医生几乎叫醒了我全部的感官，刚刚用尽了全力打造的内心里的黑暗是一种与晕眩妥协的安静。如今，这安静被关上了。我的身体里有无数个舞蹈者，原来他们是真的存在的。他们在我的脑部正上方，我感觉到了头部的上方有敲门的声音，我的身体的钥匙却丢了。

高医生用血氧测试仪夹着我左手的中指，测了一下，

青海湖日落　曹生渊 摄

说，血氧还可以。又问我，现在身体有没有不舒服。

不舒服这三个字像一味药引，引爆了我身体里暗藏着的引线。我瞬间陷入否定的身体暗示里，不舒服，恶心，浮漂，呕吐，沉沦，坍塌，沦陷……我几乎是被不舒服这三个字扔进了身体的谷底。我头脑里的舞蹈者像气球一样破碎，我几乎用尽了全力，对着司机说了一句，停车，我可能要吐。

汽车刹车得很慢，我的身体像是跌入了水里，轻飘，我几乎没有力气打开车门。深呼吸了几口之后，我的意识渐渐饱满。我解开安全带，头依然是方形的，但在黑暗中舞蹈的人已经从身体里逃出。声音也渐渐恢复，窗外的绿映入眼帘，世界并没有变化，变化是我的磁场。我努力了一下，几乎用尽了全力，开了车门。

我和世界终于又有了联系。因为早晨的时候，吃的食物极少，所以，我蹲在路边半天，也没有吐出任何东西来。

脚有些麻木，这也是我与世界的联系，腹中的空阔感很强，头微痛。我真的想躺下来，躺在一段安静的音乐里，或者是河水流动的声音里。

为什么是流水的声音？我一时间无法分辨，只觉得身体在黑暗里停留了太久，需要阳光照进来，需要流水声喂养。

我又一次坐上车。高医生给我准备好了氧气，说，还是缺氧导致。

我吸了氧，氧没有味道，像一句善意的谎话一样。中间还补充了一块巧克力。高医生怀疑我可能有低血糖症状。

巧克力入口的时候是苦的，甜是慢慢来到的。空腹吃如此甜腻的食物，像是有人走错了酒店的房间直接睡到了我的床上一样，有一种被侵犯的不适感。

甜味来到的时候，我变得格外清醒。身体又重新遇到了味道和颜色，音乐已经跳到了小清新的节奏，师傅关心地问我，你想不想换一首歌听？

输氧的过程有十分钟，我的头脑里隐藏的那些怪物们早已经被万物驱逐。原来，人的想象力的丢失和氧气有这样密切的关系。氧气来了，我的头脑又恢复了记忆的复杂，一个又一个时间的抽屉重新有了秩序。比如，我正在和高医生说的话，完全覆盖了他刚才对我的提问。

我仔细梳理了我的苏醒史，糖分像是一张通知书一样，叫醒了我的身体的很多部门。巧克力进入身体以后，并不遵守交通规则，它有太多的特权，比如，糖分可以控制我的手、心跳，以及情绪。

而氧气相对来说，只能给大脑提供电源，氧气吸入以后，我的脑细胞像通了电一样，亮了，我差不多瞬间看到了头脑里的暗物质，它们平庸且众多，仿佛需要无数的氧气才能遵守秩序，给那些有着独立精神的神经元鼓掌，又或者是附着在主神经元的四周，一边听从主神经元的意念的启蒙，一边又将主神经元传递出来的信息丢失掉大部分。

我反复向高医生确认，我这是晕车的症状，还是高原反应的症状。

在很久远的某一年，我在江西庐山下山的一条中巴车上晕了车，身体里的万物散尽，只剩下厌世。而这一次，我几近陷入思想的停滞里，除了皱紧的眉头，我的身体近乎消失了，成为一个灵魂的飘浮物。我相信，这就是高原反应。

高医生说，这是高反。还说，如果我早餐吃的食物多一些，高反的症状会轻许多，因为，热量也是抵抗力的重要组成部分。

我重新建立与世界的联系，我的眼睛看到了石子路与绝尘而去的车队，我的耳朵听到了电台里关心我们这辆车的声音，以及司机师傅给他们解释我的身体状况的声音。我的高反，在此时，已经不是我个人的高反，成为一个车队相互告知的一个重要的事件。

我唤醒了眼耳鼻，却打不开舌身意，舌头仍然被巧克力笼罩着，甜里总藏着一股世事的苦，无法向他人言说，隐私一般。而身体呢，并不协调，头脑里的一些线路还在自我觉醒中，可能需要更长的时间，才能还原成爬上雪山之前的版本。

拉脊山风光

意识呢？我的意识由我以及我与他人的交流共同形成，而现在，我竟然由氧气和巧克力构成。我真想知道，吃完巧克力以后，我说出来的话，会不会变甜。

车子重新发动。师傅在加速，发动机运行的声音比我高反之前还要清晰。我的眼睛又可以自如地看向窗外。

突然觉得，高原反应对于我的身体和意识来说，更像是一次关机后的重新启动。高原大于我原来的日常生活，所以，身体在这里运行，所消耗的热量、氧气和心跳都远大于日常。我是用重新启动了身体的感官来再一次辨认高原。

我已经恢复如常。除了内心里的一些折叠起来的胆怯还无法驱逐。我不停地复习，最痛苦的时候身体的消失。是的，痛苦可以让人变得轻浮。那些在生活里沉重的东西，丝毫不会镶嵌在意识里。原来，物质果然是轻的。

我用一次高原反应来验证了一个世间通行的生活哲学，那便是，痛苦的时候，人类无法找到更好的解药。

高原仍然是高原，我不知道我还是不是原来的自己。我被一罐氧气改变。巧克力的甜随着时间的延长而变成了热量。这热量就是我回到身体的常态的钥匙。

前车有人在歌唱，黄河在路边静静地流淌着，我又一次闭上了眼睛。我把眼睛轻柔地闭上，头依然靠着椅子。黑暗又来了，但这一次，我的感官却是醒着的。高原在我的眼睛闭上的时候，成为一个未知的想象。

我想到了几天以后，我回到家里，该如何向我的亲人描述这一次的高原反应。那些黑暗中渐渐丢失的东西，我仿佛找不到合适的语言来描述它们。

我甚至可能用最为简略的词语概述，因为对于亲人们来说，他们更想听到的是差异，而不是我内心的感受。

所以说，我们去外面行走，不论有多么大的收获，在身体和内心的层面，却是无法与其他人分享的。能分享的生活内容，不过是一匹马，两餐饭，湖水的绿以及天空的蓝。可见和可以触摸的世界，更容易让人信服。

我的表情在很短的时间内也恢复了平常，喝水的姿势也是，还有说出来的话的音量，渐渐被身体拧大了。刚才还反复问我的身体感受的高医生，此刻已经开始和司机师傅讨论另外的话题。是的，我也感觉到，我距离我刚才的高原反应越来越远了。

然而，到了中午时分，有一段台阶需要攀上去，我欢快地追着大家,突然便心跳加速。阳光正热烈,我闭上眼睛，靠着木质的扶手停留了一小会儿。很短暂，差不多，我又潜入到了高原反应前那段时间里。

午饭的时候，食物单调，牛羊肉端上来，我又一次被胃部叫醒。那种随时可以叫醒的不舒适感，整整伴随了我一天。

别人哈哈大笑的时候，我要保持矜持，因为，我担心心跳的加速又一次打破我的身体的秩序。午饭后，我们团队的人竟然和饭庄里的藏族服务员们举行了一次拔河比赛。我也只能远远地录了两则视频，便又一次唤醒了高原反应的时间抽屉。

返程路上，住在一个果园里。我们被树上的梨子的甜感动，觉得高原上水果的甜度，可以弥补掉很多东西，比如氧气的稀薄，以及奔跑的困难。

我们渐渐被夜包围，旅馆的对面，是一个面积很大的薰衣草园，然而，薰衣草并没有多少，有各种各样的花。我渐渐被他们的欢快撇下,夜色一层一层地在加重,像极了，我刚刚高原反应时的场景。

入夜时，我往床上猛地躺下去的时候，身体变得瞬间轻浮，我又一次陷入了高原反应里。

返回西宁，海拔已经降低到了 2200 米，高原已经成为暗夜的记忆。然而，去机场的车从高架桥向下面加速行驶的时候，我的眼睛习惯性地闭上了。有那么一瞬间，我又一次回到了阿尼玛卿雪山附近。岩羊正抬头看着黑暗中的我，一声汽笛，将我从时间的抽屉里救回。我用手揉了一下眼睛，仿佛身体被高原烙了一个洞，不论是食物，还是汽车；不论是黑夜，还是床铺，只要与我的感官有任何重叠的地方，我都会在某一瞬间回到了高原反应的痛感里。

从高原返回平原多日，我的时间被秋天叫醒，平原上的树开始落叶，有一天晚上，一只鸟从我的窗子前划过，它太快了。那天，我骑自行车上下班。夜晚渐晚的时候，我离开单位的小院，过一个丁字路口，一个躲避城管追究的三轮车擦着我的身子拐进了都市村庄。

我在拐入一个小巷的时候，将无线耳机塞入了耳朵，打开来听的时候，声音太大了。我赶快取下来，那首歌的曲目，竟然是在高原上行走的时候，司机师傅听的。

我放慢了自行车的速度，有那么一瞬间，我又一次回到了高原上。身体里曾经那么深刻的反应，随着时间的堆积，像我头脑里曾经舞蹈过的人一样，被彻底清理，连一个词语都不剩。我在旋律里沉浸了很久，想起了某天早晨，高医生给我吃的药的名字，以及高原反应那天晚上，我们在果园里散步的样子。

高原反应，在我的身体里留下的刻度，早已经被平原的事物模糊、代替。而我，作为一个在高原上彻底地陷入过记忆仓库的黑暗的人，在平原，我有了身体的另外的参照。是的，我成为自己的新的版本。在黑暗世界里体会过无助的人，才能在世俗的生活里捕捉到喜悦吧。

音乐跳过高原，我被平原里的风吹远，或者，我就是平原上的一阵风。

下部 黄河源头风物记

扎陵湖水系 李松哲 摄

山色

过了拉脊山，天空突然被拉伸，云彩跌入峡谷里，而峡谷里黄河清澈，倒映着天空的云彩，从视角上，天空像被扩大了一些篇幅。

公路挂在山脚下，在贵德，黄河是清澈的，而山却是混浊的。

黄河冲击出来的峡谷，两岸是黄色岩石堆成的大山。山体阔大而蜿蜒，很是壮观。山色被白云映照，是一种灿烂的黄。比我在故乡见过的黄河水要更深刻。这种黄几乎是一声叫喊，主观，生动，饱满的黄。是山体的黄让河边的树更绿，天更蓝。

山色不止一种色彩。车子转弯，我们便看到了更多的山的颜色。

拉脊山　张福磊 摄

有一片山丘的色泽比黄色多了一层赭红，像红色的油彩掉进了一盆黄色油彩中调出的色板。这山体光秃秃的，没有一株植物。每一片山色的颜色变化，都像大自然在作画，山色与山色之间细微的色差变化，让人想到温度或者海拔的变化。一路上，我一直被山的颜色教育，我想，至少，山有自己的想法，不然，无法解释，大面积的山色是如何被染红的。

即使同样是黄色的山丘，如果细细地打量，也会发现，它们的色泽的丰富。它们的黄有深有浅，有高有低。有被光照耀过的清澈透明的黄，有阴影中安静而谦虚的黄，有在民歌中被唱得破旧了的黄，也有被大雪覆盖后湿漉漉的黄。

大面积山体色彩的排列会撞击观看者的心跳。有那么一瞬间，我被路边大片的黄色感动。那是时间的样子，也是这个地方的声音。黄色的山体中间流淌着的河流，叫作黄河，我觉得是妥当的。这是海拔 2000 米左右的青海，虽是盛夏，却微凉。即使是在太阳下行走，除了紫外线灼人，人身体的感受依然是凉的。这样的温度多么适合植被的生长啊，可是，漫山的岩石上没有绿植生长。

山值得被叙述。

我的故乡是平原。除了河流之外，村庄与村庄之间并无间隔。人与人的差异极小，就像我们所种的庄稼，所听到的鸟鸣，所看到的云彩。

而在一座山面前，我想到了差异，因为山那边的云彩和山这边的云彩不同。

这些年来，我爬过几座山。每一次在半山腰喘着气看向远方的时候，都会生出一种想法，要再高一些就好了。

山是人思想的另一种依靠，借助于山，人类看到了自我的局限。山和思考关系密切，仿佛攀爬至高处，人类便有了视野上的满足感。

在青海，这里的山更多的是大幅的色块，土黄色的岩石让山的样态更像是黄土高原。没有树，没有鸟鸣，没有百花，没有春天，没有季节的参照。然而，这里有的是空旷感，有的是平原上没有的想象力。

平原的春天，全是麦田，十万亩，百万亩，你所能走到的地方，都是麦田，麦田养育着平原上的人，也限制着平原上人们的想象力。麦田填满平原的每一个人的思想，以及成长史。在春天，在夏初，平原上只能有麦田。

而现在，在青海，我看到的是山体的绵延。这些山大于植物，大于农作物，这些山不能给人类提供满足温饱的食物，却打开人的日常生活的想象。山作为束缚，同时也作为翅膀。

车队的导游讲解路边山体的颜色为什么多变，是丹霞地貌。贵德的山体便是丹霞山。丹是红色，霞有光泽。丹霞大概便是山体中有红色的岩层。

车队在山脚下疾行，山的模样像动画一样快速播放。更有一种难以描述的意境，山色在流动，山的高被放大，山体的宽阔也被放大。我来不及用相机拍下它们，便又看

贵德丹霞地貌　李秉廷 摄

到另外的山。

一大片像土墙一样的山体让我想到我童年时的房屋的颜色，土坯的颜色，母亲一样的黄土的颜色，傍晚时分阳光照射在麦秸垛上的颜色。

山体的黄被时间的手涂抹，黄色的整体上面又掺杂了一种让人思考的深红色，一缕，一片，或者是一列。这些神来之笔，让路边的山摆脱了平庸的面貌，看上去充满了审美的趣味。

我用手机拍了几张照片，发到了朋友圈里，他们猜不出这山的名字，也猜不出我究竟在什么地方。直到我公布了答案：贵德。

这是一个远离中原的名字，如果不是因为黄河，我可能不会知道，这里有这样一片色泽丰富的山体。

山如果不长植物，那么，它的价值便单一起来。除了观看，它是行走的障碍。对于我这样大多数时间都生活在平原地带的人来说，山是审美的对象，而对于生活在这里的人们来说，这些庞大的山体可能曾经是他们的烦恼。

还好，现在道路通畅，本土的人开始走向更远的世界，外面世界的人也开始作为游客走进来。这样的交流让山有了更多的评价者和描述者。

如果黄河水在贵德的清澈是一种让人感叹的景观，那么山体的颜色的变化是另外一种景观，那些地质变化带来的现实景观是大自然给人类留下的思考体。导游说，如果是早上来看这些山体的话，会更好看。落日时，霞光照射到这些泛红的山体上，那红色会更加深邃。

车子快速在行进，转弯再转弯，峡谷里的河流泛起白浪,左侧的山体执着地露出几张刀斧削过的脸,壮观。此刻，我们在车上看到的，是最为自然的山体的颜色，可以想象，那些被霞光抚摸过的色泽的变化，就像是寂寞的大山给自己化的妆容。

在峡谷幽深的一处河岸，车队停了下来，说是要在这

贵德丹霞地貌　李秉廷 摄

里取一瓶黄河的水。这是最为清澈的黄河水的标本。我们兴奋地下车，到黄河边上去用手触摸黄河上游的流水。河水清凉。就在我一转身的刹那，看到了远处只露出一点暗红色的山体，那一片丹霞地貌的山已经被更多的山遮蔽。

山并不会在意哪一片山更好看，它们相互依偎，又相互遮盖。我知道，车子再往前走五十米，那片美如霞光的山便会躲进时光里。还好，我拍下了它们的样子。

修通之后，松巴村成为一颗山里的明珠，这里有好看的河床、湿地，以及千年古树。

我们去看树。

是小叶杨树，在黄河流过的地方，这样的小叶杨树还有很多，然而，松巴村的古树有上千年的树龄，因为，它的树干实在是太粗大了，当地的村民不论多大年纪，都只能说，他们小的时候，树已经是这样大了。

树的自然生命大于人类，而后，树成为人寄托感情的地方。比如给一棵大树封神，便可以向它许愿。仿佛这棵大树的根部，或是树梢上，居住着人类看不到的神灵，能听到我们的吁请和愿望。

杨树在我的家乡常见，中原民歌中，或旧时诗句中，“杨柳”是最为常用的植物名词。因为我所居住的河南省东部，地势平坦，人员杂居，牲畜家禽极多。所以，植物的生长有很多实用的价值，一棵树长十年二十年，便被人砍伐了做了家具，或者更粗大一些的大树，会被当作建造房屋的材料。中原很少有古树，因为人多嘴杂，需要树服务于他们的日常生活。

我们坐的凳子，吃饭用的桌子，睡觉用的架子床，去农田里耕作时拉的架子车、用的工具，全都需要大量的木材。

树木在我的记忆中，除了开花时提供槐花、榆钱等吃食，便都用来做家具了。

而在松巴村，我理解了一棵树对于人的心灵的抚慰。

松巴村位于青藏高原和黄土高原的交接地带。黄河在松巴村附近因为地势的落差而生成一个峡谷，叫松巴峡。在 20 世纪 80 年代，松巴峡还是一个水流湍急的峡谷。近些年来，随着下游的水电站的建设，松巴峡的险要地势和生态发生了变化。水流缓和之后，松巴村附近的湿地不再流失。村庄里的人便觉得，这可能是神树的护佑。

一棵小叶杨树五十年便可以成长为一棵参天大树，但树干不会超出一个人的怀抱。在我的家乡，这样的杨树可以做婚床，做供奉祖先牌位的长几，或者只有过年来客人才会使用的八仙桌，都是体面的家具。

一棵小叶杨树如果活了一百年，那么，这棵树便有了人类的故事，家里长辈坐在树下面看到的人间万象，会讲给他的孩子们听。于是树便有了共同记忆。树成为村庄里的一员，甚至是村庄的见证人、看守者。一棵树如果活过了两百年、三百年呢，那么树不再只是树本身，还是一个地域庄稼和风俗的见证者。五百年、八百年呢，这棵树已经变成一座庙宇。至少，在涉藏地区，是这样的。那些村民，说起那棵树，便会将祖上讲过的故事或传说一起说出来，

松巴峡　张福磊 摄

树不再只是供村民纳凉的树，而是一个故事的发起者。

杨树属于夏天。春天时，杨树飘絮，像极了人间的种种烦扰。不论是城市还是乡间，杨柳的絮随风飘散的时候，和互联网时代群发的通知并无区别。而夏天的杨树，则安静温和许多。旁观世间的一切，并不参与。一入秋，杨树被风吹动，便喜欢对世界的一切鼓掌，仿佛是一个嘲讽者，又仿佛是一个励志演讲者。

夏天的杨树，用树荫蔽护村庄里的人，这些农人在一棵树下遇到，说到了儿女，说到了庄稼和收成，也会说到明年该如何计划一家人的生计。于是，杨树成为一个重要的倾听者，它知道村庄里的秘密，也知道村庄里每一个人的苦乐。

出于好奇，我们一行人专门用自己的身体测量了这棵古杨树的直径。大概八个人，伸出手臂连在一起，才能合抱住这棵大树。八个人，有男有女，我们来自全国各地，操持着不同的方言和词语，仿佛我们各自的身体也带来了我们家乡的信息给大树听。我们伸出手，相互抓住对方的手，和这棵古老的杨树对话。磁场打开，我们成为大树的听众。当我把身体贴近这棵千年的古杨树的时候，仿佛听到了多年前黄河流水的声音，一场大雪落在了河面上被流水融化的声音，几只鸟儿在河边私语的声音……这样的大树，你抱着它或者是依靠着它，会生出无限的遐想。那是我们对自我的怀疑，从时间的角度来说，大树的一个枝干都大于我们的生命。所以，这是一个多么丰富的博物馆。一棵树就是一个完整的生态博物馆，它的根系一定深扎于黄河，才会有如此丰茂的生命。

树叶被风吹下来几片，分别落在我们的脚下和头上，我觉得那也是杨树对我们的问候，或者祝福。

一棵树可以活多少年呢？在城市生活了多年的我，其实从未触及这样的命题。我所生活的城市，大多是景观树种，市区的一些老街两旁种植的是法国梧桐树，虽然枝干也有些粗大，但大多只有几十年的树龄。

松巴峡 张福磊 摄

我们不觉得树是一种神性的植物，因为树不过是城市里最为沉默的状物，它们连路边的高杆路灯都不如，路灯常常更换的一些造型奇特的样式，吸引着人的目光。

而在青海，在这样的高原上，植物经历着高海拔和寒冷天气的压制和诋毁。每一棵树都是幸存者，都是一个地区的生态的说明书，甚至是一部生命记忆的历史标本。

松巴村的千年古杨树就这样被村民们封了神，它承载了村民们更多的愿望。村民们的喜悦会过来和它分享，村民们的收获也会向它汇报，自然，也包括灾难、疾病和痛楚。这棵古树挺拔的姿势就是一种态度。大风过后它挺拔着，大雨过后它挺拔着，甚至一

敦格铁路　何启金 摄

场大雪将它覆盖，但不久，春天被几只鸟儿衔来，它枝叶茂盛着，依然挺拔。这样的姿势就是对人们的安慰。

有什么事情想不开，不如看看那棵安静活过千年的树啊。它无法选择季节，无法选择风向，甚至连天气和生活在它四周的人也无法选择。但是，它只做了一件事，那就是把根深深地扎在泥土里，让生命的根系接触到黄河水系，接触到这个世界里所有的声音,那么,它便有了生命的根基。

想想，每一个人活着，如果想要生命茂盛，大概也是需要找一片土地，将自己的根扎进去吧。

看完松巴村的神树，我们的身体里仿佛也接收到了来自树的力量。该怎么描述那种力呢，那是母亲的力量，是食物的力量，是土地和云彩的力量。这棵树给我们的，不过是故乡和生命的原始动力。在拥抱这棵古杨树的时候，我将耳朵贴近树干，松弛地倾听和接纳。所以，我觉得，我更了解了生命的神秘。

而这种历经千年却依然旺盛的生命，是哲学的，也是现实的；是物理的，也是意念的。我们去村子里吃午饭，有羊肉，有牛肉，而这里的所有动物，大概都吃过杨树下的草和杨树散落的叶子。自然万物，都有联系，我们来到了这里，看到了这棵树，便成为它的讲述者。这样一想，那树的肌理和温度便又一次传遍了我的身体，甚至，我听到了初春黄河上的冰块渐渐融化时裂开的声音，那也是树叶生长的声音。

万物都有神性，需要人类安静下来，谦卑地去倾听它们。

鹰巢

我看到了一只鹰停在了半空中，隔着车窗，那鹰更像内陆城市飘在公园上空的风筝。我们都看到了那只鹰，在空中飘浮着，或是，在俯瞰着我们这一组车队。我们进入了它们的领地。

鹰这样的鸟类，距离我的童年太过遥远，它只存在于影视作品中，或者农村集市的廉价的绘画作品中。现实生活中，我从未见过鹰。

车子没有走太远，便到了吃午饭的藏式餐馆，是一个田野里的藏式建筑，二层木质房子。我们的车子就停在路边。格桑花、龙胆草、绿绒蒿及贴着地面生长的野花丛生，茂密而无序，总觉得这里的花花草草都是自由的。它们是高原的主人。而人类只是过客。

午餐是藏式午餐，车队的领队说，因为我们的人多，主人家还没有准备好，我们可以在饭馆的四周闲走一下，这是一片草原。

我和热爱摄影的画家向着草原深处走了一段路，发现了鹰巢。

我不能确定那就是鹰巢，以为是草原上的大的蝙蝠。随即觉出了异样，世间哪有那么大的蝙蝠。

是鹰巢。老画家对我说。他已经将相机换上了长镜头，他要用他的长镜头“打鸟”。

而我的相机只是一个标准的镜头，拍不到任何远方的特写。只好远远地对着那一片鹰巢狂拍了一通。

有一只鹰慢悠悠地从鹰巢里飞了出来。之所以这样描述，是因为距离太远，我们看不清鹰扇动翅膀的样子，只觉得它飘飘然地就离开了洞穴，然而，却并不急于向空中盘旋，而是在洞穴附近逡巡。鹰竟然是可以静止的，在半空中一动不动的姿势几乎超越人类的常识，此时的鹰像一句哲学语录：不是风在动，而是我们的心在动。

就在我拍照的时候，又飞出来两三只鹰，只是，它们并不像第一只那样，停在半空中，而是一飞冲天，转眼便消失在视野中。再然后，天空中出现了成群的鹰从远方返回。它们如同空中的王者，滑翔着，一只一只都各自独立，像一个又一个句子的主语，鹰与鹰之间不从属，它们只是并列的关系。

天空里停着一只鹰，这几乎打破了我多年的生活经验。少年时在平原，我们数过村庄里的鸟类，长尾的喜鹊，数量庞大的麻雀，只听到声音却看不到样子的布谷鸟，喜欢在屋檐下垒窝的燕子，全村人都不喜欢的乌鸦，以及村子里有一户人家专门养的信鸽……

每一个乡村的孩子，差不多都是半个植物学家或者是鸟类的声音研究者，然而，我的童年缺少一只鹰。不然，

雄鹰展翅　路自强 摄

我一定会生出天空这样遥远而不切实际的理想。

我和画家老师专注地向着远方的鹰拍照，试图记录下那只静止不动的鹰，最后会飞到哪里去。然而，那只鹰在那里静止不动，足足有半个小时。它像是一个思考者，在云彩里，在天空中，俯视着我们。它是黑色的，在镜头里放大，它的头部又有花纹。看不清它的眼睛，我相信，那是一双可以穿透谎言的眼睛。

据说鹰可以从高空中看到大地上一只野兔子或者是田鼠的跑动。所以,在青海的公路两边,常可以看到一些鹰架,导游说，是供鹰从高空中俯冲后休息的。

一只鹰可以在遥远的天空中看到我们，而我们即使拿着相机，也无法看清楚它们，这既是进化的结果，也是一种生存的哲学。

因为鹰在乎的只是天空，而不是陆地。

鹰的生活方式像极了人类的一种理想——“可以站得高，看得远”。这句话说起来容易，然而，一旦人类回到日常生活里，每一个人都是日常生活的囚徒。大多数人，都活在有限的空间里，有限的高度，他们被一份工作拘囿，被一段感情束缚，被一个地域绑架，被一种观念监禁……

人需要的是远高于陆地的视野，而所有这些，在生存的层面都很难实现。所以,人挣扎在日常生活中,直到中年，直到老年，才突然意识到，我们活得过于狭窄，过于低矮。然而为时已晚。

如果在平原，人们的日常生活中，经常有一只鹰出现，我相信，那里的人也会被一只鹰的飞翔叫醒。他们再关心土地里的庄稼，也会偶尔看看天空，想想更遥远的事情。鹰几乎是一种精神启蒙的鸟类，它只是在天空一动不动，便告诉了人类，你们不要只盯着有限空间的事情，还要看看天空中有什么。

鹰巢筑在更远的山墙里，看起来不算高。但因为遥远，我们无法走近去察看。远远地看去，那鹰巢像一只又一只山的眼睛。高原草甸的野草此起彼伏地舞蹈着，草丛里有

野生动物猎隼　更尕次成 摄

野兔，有土拨鼠和田鼠，这些动物，都是鹰的食物。

食物链，天空，大地，草原，这些美好的事物中，也有追逐和杀戮。活着充满了意外，一个人的一生，有时候像草丛里的兔子，有时候像天空中的鹰，这需要一个人准备不同的人生视角。

我和画家老师都觉得幸运，竟然在这样的高原草甸上，看到了一排鹰巢。我们都觉得鹰这样的鸟类太过神秘。对于人类来说，它们天生就是一种审判者。它们不信任人类，所以数千年的文化书写里，没有鹰与人类的感情交流。甚至，少有人见过鹰如何筑巢，鹰又如何产蛋，并孵化出幼鹰。连影视作品中，我也从未看到过，一只老鹰是如何训练自己的孩子飞向天空的。

鹰用翅膀和气流让自己轻松地飘浮在了空中，除了捕猎，它的一生大多数时间都在天空中飞翔。鹰充满了符号的味道。鹰击长空也好，扶摇直上九万里也好，都是人类单方面的示好。而鹰并不感动。

鹰一生到底能飞翔多远，它是如何睡眠的，它的感情如何，我都一无所知。在鹰面前，人类是自卑的，自然，我也感谢这种自卑，让人类没有去破坏鹰的巢，没有去大力地捕杀鹰，从而保留了鹰的骄傲，和独立。

海子在一个黑夜里写道："天空一无所有，为何给我安慰。"当天空中有一只鹰在飞翔，我想，是时候让内心从大地回到天空上，我们便不再被大地上的烦恼束缚。

糌粑○

藏式的午餐，除了牛羊肉，还有糌粑。这次，主人为了让客人对食物的印象更深刻，专门让服务员教我们每一个人都来体验一下如何制作糌粑。

这是黄河上游的高原，农作物以青稞为主。而在我的出生地，黄河下游的河南省东部平原，农作物以小麦为主。青稞和小麦的关系是什么呢？是这样的，在我幼小时，每一块麦田里，都会长出无数棵大麦。大麦的个头比小麦高，麦芒比小麦要长许多，从外形上看，大麦干净、秀气，像极了一种艺术品。那时候，我们这些孩子，喜欢将麦田里的大麦全都一棵棵地拔下来，编织成草帽或花环，戴在头上当作装饰。

我们这些野生的孩子，所有的乡村教育都必须要家长的允许，比如我们去偷邻居家的玉米，如果被邻居告发，大人一准会将我们打一顿。这就是一道禁止的命令。然而，我们在春天的麦田里，不论将多少棵大麦拔掉，大人都不会干预。他们也认为,长在麦田里的这些异数,必须要拔掉。

对于孩子们来说，这是属于被允许的游戏，而多年以后，每每想到，我便觉得，一个人所有的举动，都充满着价值观的偏见。比如，我们的父辈，对麦田里这些大麦的歧视。

而现在，我来到了大麦的出生地。青藏高原上的青稞，和我们家乡的大麦，应该是同一种麦子。在这里，我相信，小麦属于青稞田里的异数，定然也是要被清除的。这既和这里的地理特征有关，也和一个地域里的人，对食物单一的认知有关。

青稞和麦子是同一种科属，有着深刻的联系。比如，它们共饮着黄河的水。只是青稞在黄河的上游，它们遇到的黄河水清澈幽凉，而小麦大面积种植在黄河中下游地区，所遇到的黄河水混浊而有碱性。

一条河流的奔袭，带给河两岸的人无数的食物和水源。所以，人们称黄河为母亲河，这是最为温饱的评语。

如今，在黄河的上游，我们每一个人，都可以用手抚摸着青稞面粉，自己动手制作一份藏族人赖以生存的糌粑。

青稞粉比小麦面粉的颗粒感更强烈一些，用手触摸青稞粉的瞬间，仿佛听到了一声清脆的布谷鸟的叫声。经冬的小麦在春天醒来的时候，也有这样的鸟叫声。幼年时，我和爷爷一起到麦田里去绑一个稻草人，因为麦粒即将饱满，这个时候，天上的麻雀，便会趁机在麦田里偷吃青小麦。

稻草人制作的方法简单，只需要用两根木棍十字交叉绑在一起，然后，在横向的木棍上绑上几根长长的布条。风一吹，布条随风起舞，像极了一个人在那里驱逐鸟类。

这是我少年时记忆深刻的事情之一，后来，我还将自己的一件旧衣服，给稻草人穿上了，我晚上做梦便梦到了，我在麦田里值守的场景。我挥舞着长长的衣袖，我的麦田无边无垠，我的衣袖无边无际。我几乎拥有全世界所有的云彩，所有的鸟鸣，所有的绿。这样的记忆在城市生活中早已经远去，如今在黄河的上游，我又一次打开了尘土飞扬的时间箱子，找到了幼小时的一段美好回忆。

糌粑是藏语，翻译成汉语是“炒面”。这个词语和当下城市快餐店里的拌面和炒面不同，是 20 世纪 80 年代黄河中下游乡村家庭都会有的炒面。

我小时候，母亲偶尔也会给我们做炒面。那时候的乡村，只有土灶，柴禾是麦秸草或者玉米秆，火势不易控制。所以，做炒面便很难。因为炒面的全称是“炒面粉”。将细腻如婴儿皮肤一样的面粉倒入铁锅内，火的温度一定不能高了，不然，面粉会被炒糊。我们乡村的方言叫作“炒煸了”。

炒面炒好以后，可以吃很久。每一次吃炒面的时候，母亲会将一把炒好的面粉放在碗里，用开水和开。搅拌面粉十分有技巧，如果不快速去搅拌的话，水与面粉会生成很多个面疙瘩，影响口感。

一碗和好的炒面，一般会加一点白砂糖。当炒面粉和成一碗粥的时候，便可以吃了。那是我小时候难忘的乡村美食之一。

如今，我们在青海的松巴村，学习制作的糌粑，是我幼年时吃过的炒面的补充版本。

糌粑的主要原料是炒熟了的青稞面粉，用酥油奶茶来拌。据导游介绍，这种青稞粉，是藏族人先将青稞炒熟了，再用石磨磨成面粉的。也正因为这样一种原始的制作顺序，让糌粑的颜色显得很有青稞皮肤的颜色。

母亲当年教我们的方法是用筷子快速地在碗里搅拌。而现在，藏族的服务员，熟练地用手在碗中团巴青稞粉。我试着用手抓住面粉的那一瞬间，立即回到了童年。青稞粉的细腻度不如小麦面粉，但触感依然让我觉得动心。每一次用手抚摸面粉，我都觉得我掌握了一个秘密。一块田

门源河流　孙长斌 摄

地的秘密，一种果实的秘密。那么多人的辛苦劳作，最终换成了这样的面粉，用来供养我们的身体。

糌粑和我幼年时吃的炒面自然是完全不同的。我幼年时吃的那一碗炒面，是旧时战争的军粮。只要有水，便可以将炒熟的面粉和成面泥或面糊吃下，可以缓解饥饿，是用来救命的补给。而藏式的糌粑则还有着审美的意味在里面。糌粑会在青稞粉中加入奶疙瘩和砂糖，这些佐味的添加物，同样要在搅拌的时候粉碎，当青稞粉和奶疙瘩均匀地摊开、融合，当青稞粉渐渐地吸收酥油茶，成为一碗面泥，那么糌粑的制作便宣告结束了。

糌粑最好趁热吃，制作好的糌粑用手团几下，便可以吃了。一口咬下去，酥油奶茶是甜的，奶疙瘩有牛奶的香味和发酵过后的微微的酸味，砂糖让糌粑的甜味更加清晰，而青稞粉有小麦的香味。大多数内陆人都受不了酥油的味道，但是如今，这些味道都浸在了青稞粉里，微不足道。

酥油为高原人提供身体所必需的热量，所以，酥油奶茶是藏族人必须常年饮用的食物。这是高海拔地区的气候所需，同样也是地域的文化所需要的。人的饮食既受制于一个地域的气候，也受制于这个地域的历史。

我一直坚信，食物会塑造人的性格、爱好，甚至会影响一个人的视野。有些食物会让人对生活的真相更加明晰。比如小麦，又比如青稞。这样的食物和母亲并无区别。它们大面积的种植，喂养了我们的童年，同样也给我们的生活制造了约束和边界。

还好，我在三十岁那一年离开了故乡，从中原大地到了中国南方的岛屿工作。这种地域上的迁徙扩大了我的人生宽度、食物谱系，也改变了我对万事万物的判断标准。

故乡自然是我们一生携带的一种温度表，是母亲的方言，是村庄的街道，四季的植物和天空的云彩。然而，如果一个人一生都没有在审美上走出故乡的约束，那么，这个人定然是一个狭窄的人。

这是观念上的突破，其实也是视野的扩大，是饮食上的一种突破。在海南工作了九年以后，我突然发现了我与

青稞　李秉廷 摄

故乡的关系变得非常暧昧和模糊。这一切的变化始于我的胃所接受的食物的变化，当我的胃渐渐接受故乡以外的食物，并觉得这些食物和故乡的食物一样好吃的时候，我发现,我不再是原来的自己,我成了大于自己的一个新的他者。我惊喜于自我的扩大和成长。

食物所对应的自我是具体的，如果一个人的一生只能吃家乡的食物,那么,他是一个在审美上缺少更多参照的人。

小麦面粉做成的食物目录如下：面条，馒头，花卷，包子，油条，麻叶，饼子，面汤，等等，这样的食物所对应的是平原，诚实，饥饿，守旧，胆小，善良。食物目录是我母亲会做的，也是我幼年时吃到的。而食物所对应的性格和面孔，差不多也是我的母亲，我的村庄里的所有人的集合。

如今，我吃下自己亲手做的糌粑，想到了幼年时母亲为我搅拌好了的炒面。糊状的炒面加了砂糖以后的味道，有些像熟透了的桃子，瓜果的甜溢出面粉的香气，但并不浓郁。吃饱了以后，如果打嗝儿，那种面粉的香味依然在，像果酒的味道。而现在，我吞下一口糌粑，它大于平原庄稼，而小于一片草原。糌粑的味道像极了一场藏族人的舞蹈，有音乐感，有鹰在苍穹飞翔的愉悦感。

食物既属于身体，又属于精神。好的食物，会让人的精神愉悦。而在松巴村，我吃过自己制作的糌粑以后，总觉得身体里有了高原的元素，我不再是被高原排斥的人。甚至我想，接下来的行程，海拔越来越高，我食用的这一碗糌粑都可以用来抵抗。

没有吃糌粑之前，我是一个高原的旁观者，一个黄河的远房亲戚，前来探望黄河的源头。我担心长时间的平原生活，让我变成一个面目模糊的人。我担心我会高原反应，行动迟缓而小心。吃了这碗糌粑之后，我仿佛骑了马在高原上奔跑过，仿佛听过了鹰的鸣叫，仿佛在黄河的上游已经生活了多年。每一种陌生的食物，都是一个人扩大的开始。我坚信这一点。

门源青稞　陈英聪 摄

一个人这一生，走过的地域越多，就越会懂得生命的短暂，就会更加珍惜日常的生活。而一个人吃到的食物品类越多，也就越懂得，人与人为什么不同。甚至，也会更加理解和接受人与人之间的不同。

一碗糌粑，将我的内心里的孩子唤醒，我仿佛看到了童年时的自己，在乡村的河边奔跑着，一头扎进了黄河的支流里，我知道，那个孩子是我永远也回不去的一个梦境。

食物真是一把打开时间的钥匙。一碗糌粑和一碗母亲做的炒面糊一样，是大麦对小麦的一种唤醒，是黄河上游对下游的一次备注。

在黄河上游的松巴村，我吃完了自己制作的这碗糌粑，我想，等到春节的时候，我回到我的乡村里，如果能吃一次母亲做的炒面，就完美了。

高原上的雨○

车子进入玛多，阳光灿烂着，突然一阵疾雨敲打玻璃。雨刷还没有将车窗洗刷干净，车子已经驶出雨区，道路干崩崩的，羊群慢悠悠地在吃草。

听得出，高原上的雨滴比平原要大，打在车窗上，像一种鼓声，清脆而有力。

高原的雨大多是太阳雨，一块云彩，只负责云彩下面的那一块地方。其他地方的人，该干活还在干活。高原很少下长时间的雨，这和高原的温度、湿度以及植物的多少有着密切的关系。而高原的雨水的多少，也影响着高原植被的生长。

大自然最为默契，风吹云彩，云朵累积，雨才会到来。雨在高原是稀有的。雨像高原上的音乐，万物都是高原的琴弦。

雨也是黄河水流来源之一，这样一想，我便想感谢刚才的那一阵雨，它们敲打着我们的窗子，难道是想告诉我一些什么吗？它们想要告诉我的，应该是一句诗，比如那句——“黄河之水天上来”。是的，从天上落下的雨水，一段让我个人无法抹掉的记忆，所有这些，都是黄河的组成部分，最终都会成为一段河流，从高原流到我的家乡。

我家乡的雨多集中在盛夏，大雨有时候会连续下几天。河道如果没有来得及疏通，雨水无处流淌，会将整个村庄淹没。每到这样的雨季，家家户户都要将院子的门用砖头和泥堵上，然后一盆一盆地将水泼到外面。

天气晴朗后，村庄的雨水渐渐消退。我们这些孩子成为大人们警告的对象，原来的小河河水很浅，这一场大雨，让河流水面增宽，河水的深度也增加了。游泳便有了危险。所以，大雨影响的不只是大人们对于庄稼的担忧，还有我

玛多　才让当周 摄

们这些孩子的自由。

多年以后，我到了海南岛工作，这是一个漂泊感很强的地方。岛上的人和大陆的人，从生活习惯到语言均不相同。某年的夏天，一场台风带着大雨，几乎将整个城市破坏。停水停电整整五天，道路的交通灯信号全坏掉，整个城市像是经历了一场战争。路边的大树几乎全部倒地，日常生活受到了从未有过的挤压和影响。我第一次体会到，风雨如果超过了一定的极限，那么它们便不再是普通的自然景观，而是一种对人类的警告。

我也在湘西的一个小镇上住过多日，初夏时分，连绵的阴雨下了一周，每天天一亮，便听到雨打石板路的声音，雨打湿油纸伞的声音。然而，当地人习惯早起，在沱江边上洗衣服。那种用木槌捶打衣服的声音让人恍惚。在那样的雨季里，我总能想到沈从文、徐志摩，或者一些被雨水洗过的诗句。按照地理上的纬度，湘西也算是南方了。河里的水流丰沛，山里的绿植成荫。在那个古镇里住了很多天以后，我的感官和身体也变得湿润了，不只是表面，还有内心。我甚至习惯了在湿润的天气里吃那些香辣的食物，因为雨下得太久了，吃些辣椒，才能排出身体里的湿气。

而，现在，在高原上。我的身体干燥，需要一场大雨才能回到日常的状态里。可惜的是，雨在高原上是客人。这里的山山水水都需要一场畅快的雨，然而，这里的雨像是一阵风或者是几朵云的客人。山的这边在下雨，山的那边阳光灿烂。

在高原行走的时候，我有诸多的疑惑，比如高原上的云朵并不少，山间河边风也不少，然而，为什么雨水这么少呢？想来想去，我觉得和人的数量太少有关。人与人组成家庭，家庭与家庭组成村庄，一旦有了村庄，那么村庄的四周必然会开垦出农田。这样，一种人类与自然循环的生活场景便完整了。人类种植粮食养活自己，也会养一些牛羊来提供热量，或是换成钱财。人与人之间的交往，人与植物之间的交流，自然会改变一个地域的生态，而这些与日常生活相关的事物累积起来，便是云彩，是阳光，是雨水的来源。

高原上最多的资源不是人，不是村庄的绿，而是荒漠，是河流两边连绵不断的群山，是隔断了日常生活的庞大的空旷。一场雨所淋湿的土地不足以生长出一棵树，大雨落在石头上，流到了河流里，这便是黄河。落到了鸟的身上，被蒸发，便成了另外的云。

在路上，一段又一段高原的雨，像是一段又一段高原的音乐。车队的领队车辆在雨中穿行的时候，会在对话机里提醒后车要放慢速度，并会播报前方道路上有没有车队，有没有羊群。

果然，在一阵大雨中，我们遇到了一群羊，车队停了下来。羊群并没有慌乱。大雨中，一群小羊钻到了母羊的肚子下面，不知是吃奶还是避雨。羊群走在路的正中间，牧羊人在后面吆喝着，但是羊群一点也不理会，它们熟悉这条路上的人和车子，它们仿佛知道，用不了多久，雨就停了。

果然，羊群还没有过去，雨便停了。

高原的雨滴比我家乡的雨滴要大一些，落在身上，有一种被石子击中的感觉，凉，疼。比起南方细密的雨，高原上的雨滴稀疏而认真。稀疏，是因为高原没有树，没有房屋，没有通信塔、高铁站和电线杆来干预它们的跌落。认真，是因为一片云覆盖到了哪里，它们便只下这一片的雨。不论是人还是牛羊，不论是车子还是飞鸟，只要逃离这一片云,雨便停下。有趣的是,它们的认真只被我发现了，但是，高原的雨确是因为天地的空旷而变得孤独。

雨水必须遇到树林，遇到庄稼，遇到成群成群的鸟儿，遇到风,遇到村庄,遇到人类的悲欢,才可以变得连绵不绝，而在高原上，雨水是另外的生命节奏，它们大于一片树林，小于一群鸟儿的鸣叫。它们是黄河的前身，是一首诗中最不容易被捕捉的那几个词语。

在高原上，每一次，伸出手接到几滴雨，我都觉得，这是一句关于河流的走向的诗。

鄂陵湖　肖巴 摄

野驴与岩羊○

车队在去扎陵湖的路上放慢了速度，风景迷人起来。道路是野生的沙石路面，路两边不时地会有成群的野生动物出现，一湖水又一湖水，倒映着堆积着的云彩，像是天空的眼睛。

几乎每一个小湖泊都是人间的仙境。而最重要的是，这些湖泊里的水，是从我们即将抵达的扎陵湖或是鄂陵湖里流出来的。

第一眼看到野驴时我惊呆了，野驴并不像中原乡村的驴子。在黄河源头奔跑的野驴长得像一匹马一样高大。我幼年的时候，家里曾经养过一头驴子，黑色的，瘦小的。只要蒙上那头驴子的眼睛，驴子便会执着地拉着磨盘磨面粉、玉米、大豆、小麦等。一圈一圈地绕着石磨转圈，转一上午，一下午，甚至第二天、第三天。我们在空闲的时候,也学着驴子,用一块布蒙上眼睛，转着圈地去推那个石磨，可是只转几圈，便已经天旋地转，倒地不起。

我们这些孩子一开始对那头驴是佩服的，后来便觉得那头驴真是个傻瓜。

在高原，野驴周身干净，毛色黄白相间，除了耳朵和鬃毛与马有区别之外，远远地望去，它们就像一匹匹骄傲的战马。它们恩爱，友善，耳鬓厮磨。它们像一个崭新的科普频道，打开了我非常狭窄的想象力。我给它们拍照，拍下它们喝水的样子，吃草的样子，奔跑的样子，储存下它们的同时，也更新了自己的见解。

车队在一片开阔地停了下来，一群野驴离我们直线距离不超过一百米，它们丝毫也不在意我们的观看。

几头小野驴，在相互追打。成年的野驴在饮水、吃草，或者半卧着讨论天气。不远处，有两匹野驴奔跑着过来，路过这一群野驴，并不停下，又一路奔跑着向着车子后方远去。它们奔跑的姿势，像在赛马场上。高扬的驴蹄，甩动的长尾，都在提醒着我们，它们比一匹马还要健硕。

我们看到这一群野驴有十几头，或者更多。它们是群居动物，安详地卧在草地上的那几头野驴应该是这群驴子的家长。它们该如何召唤已经跑远了的那两头驴子呢？又或者，那两头驴子并不是这个家庭的成员？

团队里有人会学驴子的叫声，对着那群安静的野驴，“啊昂啊昂——啊昂——”，我们一群人被他学的驴子的叫声逗笑。他学得很像。

我幼年时也学过驴子的叫声，不仅如此，我还会学羊和牛的叫声。那时候的乡村，这些动物的叫声，是我们这些孩子重要的音乐课内容。那时节，乡村孩子的地位不仅仅和这个孩子家里的经济状况有关。比如，谁学驴子的叫声学得像，就可以当孩子们的头目。我那时不但可以学驴子的叫声，还会翻译驴子说了什么。每一次，对门的赵四儿家的驴子叫完以后，一群孩子就围着我，让我说说刚才

藏野驴　才让当周 摄

驴子叫什么呢。我就随口胡诌几句来应付他们——我会说，驴子一直在喊：我饿昂我饿昂，你们再听啊，我饿昂昂昂，都饿急了。

很多次，我都说对了。因为，驴子和人一样，只有在饿的时候，才会大声地叫唤。我在小伙伴们中的威信，很多时候都是靠这种骗人的把戏来获得的。时间久了，我便觉得，这群家伙真好骗啊。

我们的笑声还没有停，那两头跑远了的野驴又跑回来了，它们依然在奋力相互角逐，仿佛不比出谁更快就不结束。驴蹄在快速奔跑时弹出来的尘烟像一部电影的片段，我们想给它们鼓掌，这是海拔 4600 米的玛多，我们大声说几句话，都要喘息很久，而这些野驴优雅奔跑的样子，几乎是对人类的嘲笑。

野驴的干净和模样的俊俏，让我重新思考“野”字的含义。在相当长的时间里，我被灌输的教育——“野”字都是十足的贬义，如“野路子”“野蛮”。哪怕是在我的少年时代，母亲的棍棒教育下，“野”也是不被允许的。“你怎么能像谁谁那样野？”这是母亲脱口而出的话。她口中的那个孩子是个孤儿，没有爹妈，所以，是我们这些孩子眼中的野孩子。

而现在，野驴成了另外的标准。在高原，“野”字几乎是一种空旷，是一种放肆，是一种敞开了怀抱可以大笑或者大哭的释放。“野”字有了更为宽广的定义，由原来我们嫌弃和鄙视的“野蛮”变成了更为自然和努力的一种精神状态。

一种动物可以改变一个汉字的备注。

两头奔跑的野驴终于累了，跑了回来，一头驴子回到群体里，欺负几头小驴子。另外一头去湖边饮水。驴子饮水的姿势别提有多美了，它们每喝两口湖里的水，便仰起头看看天空，仿佛它们喝下的不只是湖水，还有倒映在湖水里的一小片云彩。

一群野驴，让我们这些来自全国各地的看客生出了不少羡慕，它们拥有如此广阔的野地，甚至拥有整个黄河上游的湖水，看看它们奔跑和嬉戏时的样子，就知道，自由而散漫的生长是什么样子。

导游介绍野驴的有趣，说野驴有一种未被驯服的自然本性，就是爱出风头。不论是和其他擅长奔跑的动物，还是和人类，它们最喜欢做的事情就是比赛奔跑。野驴的速度的确很快，因为它的起步和加速不需要刻意用力的，只是高抬驴蹄便可以做到。所以，人类的汽车如果排量不够，也不是它的对手。导游还没有讲完，我们这群人便领会了她的意思，急匆匆地上了车，司机发动汽车，并对着车窗外的几头野驴打了一个口哨。

车子加速，发动机轰鸣声中，两头野驴真的开始和车队并行。车子上的人都开始朝着驴子叫喊，有学驴叫的，有学羊叫的，我们希望一场比赛正式开始。

两头野驴和我们的车队并行了一段时间以后，不知道互相商量了一句什么，停了下来。观望着我们的汽车，不论我们如何吹口哨，学驴子的叫声，它们不再理会。一场事先张扬的车驴大赛就这样结束，我们觉得很是受挫。

藏野驴　索南 摄

果洛岩羊　刘波 摄

车子没有行驶多久，我们又遇到了雨做的云彩。疾雨像一首诗，只是这些诗句中常有石子迸出。远处的山上有一团团的云彩在移动。有人眼尖，喊了一声，是羊群。

一群羊竟然在山上奔走。领队和车上导游也看到了，开始介绍，这便是传说中的岩羊。

岩羊活在山崖之上，爬山能力极强。最为厉害的是，它们可以从十几米高的断崖上跳下来而不会受伤。

在车上听到介绍的时候，我突然想到自己的膝盖，觉得，如果有可能，真想拜一个岩羊为师，学习如何在行走时保护自己的膝盖。

岩羊是土黄色的，又或者是山石一样的黛青色，总之，在阴云之下，这一群岩羊像一朵又一朵跳动的云彩在车窗外。它们排着整齐的队，一个接着一个，正向山脚下转移。仿佛要到水源处饮水。

车速减了下来，我们一个个地用相机抓拍岩羊，发现，它们的角比牛角还要长，像小鹿。导游介绍说，角长的岩羊是公羊，而角短的是母羊。公羊一般会走在队伍的最前方，是为整个羊群探路的。

岩羊打碎了我们日常生活中对羊的定义。我的成长过程里，所认识的所有羊都是胆小怕事的。它们声音软绵，是任人宰割的一种动物。

我的乡村记忆中，干活最多的项目，是去地里割草，回到家里喂羊。那时的中原乡村，家家户户都要养几只羊的。羊吃草，羊圈里的粪便又是家田里上好的肥料，所以农民们家家都有一个羊圈。

那时，农村里养的羊的品种，都是一样的。然而，各家各户的羊，在村庄里散养的时候，大家都能认得出来。比如我们家的羊，羊角是歪的，邻居桥子哥家的一只大羊走路时奶子是拖着地的，而对门邻居赵四儿家的几只羊叫的声音非常像赵四儿，尾音处都有一句长长的“唉唉”。

即使是一只羊最调皮的年纪，那些小羊羔。顶多也就是跑到厨房里偷吃几根萝卜。但是主人的一声吆喝，就吓得破了胆，一路拉屎到羊圈里。这是我们这些孩子觉得最可笑的事情之一，因为，只有羊在被吓的时候，才会一边跑一边拉屎。我们后来也用小羊的这种胆小形容一起玩耍的其他同伴，说他们像我家的羊一样，吓得都拉屎了。

岩羊是大于羊的动物，因为它们长年生活在高寒的山上。最好玩的是，岩羊是羊群中最擅长伪装自己的动物。它们长年在山上爬行。所以，身上的颜色早已经进化成为岩石的颜色。若不是黄河源的天空云彩多变，一片雨云笼罩了那片山体，我们几乎看不见岩羊在山上移动。它们在阴暗的光影里露出了本来的样子。它们停下来眺望远方的时候，像鹿一样思考着什么；它们走动的时候，又像猴子一样腾挪闪移。它们几乎是悬崖上的王者。

羊群都应该生活在草原上，或者是水草丰茂的平原区域。岩羊为什么成为这样一个另类呢？我不记得在哪本杂志，或者是电视节目中看过，岩羊是为了吃石头上的盐才选择生活在岩石之上的。

但这一次，看到岩羊的样子之后，我不是太信任之前

岩羊　焦生福 摄

的这种说法。至少，这不是全部的原因。如果只是为了吃石头上渗出来的盐巴，岩羊们没有必要冒着生命的危险非要在险峻的悬崖边上跳来跳去，它们只需要在山脚下便可以吃到岩石上的盐巴。我在想，岩羊之所以选择将自己身体的颜色和所生活的环境同步，大概率是为了躲避更凶猛的高原生物。

和刚才那群自由奔跑的野驴相比较，岩羊是这片地域的冒险者，它们在悬崖峭壁之间跳跃，察看着适合它们生存的地方。

车队统一将车子停下来让我们拍照，因为太远了，听不到岩羊的叫声。我很想听到这一群岩羊的叫声,好来判断，它们的叫声和我幼年时听到的羊的叫声有什么差异。

每一次岩羊在一块水源地附近吃草的时候，都会留一只羊在高处站岗，那是羊群的哨兵。它们竟然有哨兵？这样的场景让我们感慨于一群羊的智力。它们在水源地那里吃草的时候，刚开始很小心，试探着，羞涩着。但是时间久了，它们有了判断，没有来自空中鹰的伏击，也没有其他食肉动物在四周活动，于是，这一群岩羊开始在湖水边玩耍，两只公羊角抵着角在角力，其中一只左右躲闪一下以后，撞向了另一只岩羊的身体。那只岩羊向后退，去找另外的岩羊打斗去了。

在我的幼年，那些平原上的羊吃饱喝足了之后，也爱这样，用角抵着相互嬉闹。我们这些不懂事的孩子，以为它们和我们一样，是在争抢什么东西。每每这个时候，我们最爱干的事情是去给这一群羊拉架。有时候，我们可以拉开，有时候，我们拉不开那两只缠斗在一起的羊。

在青海，看到那两只角抵着角打架的岩羊，我突然回到了少年时代，那时候，只需要我们将一堆青草扔到那两头小羊面前，它们便放下了恩怨，专心吃起草来。

夏天的青草绿意正浓，岩羊的黛青色在青草丛中，时隐时现。它们的头羊正在湖边喝水，天上飞过一架无人机。只见那只公岩羊抬头看了一会儿，它一定以为那是一只鹰。所以，那只羊角长长的公岩羊跳着脚向山上跑去，只见一只只岩羊立即排着队上山，它们的动作那么整齐，似乎每一只头羊都有自己的编号。

岩羊到了半山上停了下来，它们身体的颜色和山色那么吻合，它们几乎活成了山的一部分，仿佛它们也是石头的一种，只不过，它们会吃草，会发出声音。

鄂陵湖和扎陵湖

黄河大于我的家乡，黄河大于我的童年的一次哭泣，大于那个叫董堂的村庄，大于村庄南边一条无名的河流，大于我的父亲的一件旧衣裳，大于我成长过程中村庄被河水淹没的记忆。然而，黄河却小于鄂陵湖，也小于扎陵湖。黄河几乎是这两个湖共同的孩子。

而我，是黄河的孩子。

海拔逐渐升高的过程，补充了我对高原的认知。氧气稀少，我走路速度变慢，但并不影响交流。我很快便发现，整个团队里，只有我一个人来自黄河的下游。大多数人是南方人，他们对黄河的感情并不浓烈。他们没有在幼小的时候喝过黄河里的水。而我不同，我是喝黄河的水长大的，如今，当我离黄河的源头越来越近的时候，我有一种阔别多年之后，又回到家乡的胆怯。

在下游，平原上的乡村，春种秋播，既依赖黄河的水浇灌，又害怕黄河的水泛滥，淹没庄稼众生。“黄河之水天上来”，对于平原的人来说，是一句“写实”的话。黄河的河道过了甘肃之后，黄沙和淤泥便越来越多。过内蒙古、山西，入河南时，河道随着上游泥沙的铺垫，便越来越高。当一条河的河道，比它所经过的城市还要高出许多，那么黄河之水便从天上来了。

李白喜欢黄河，给它写了那么多首诗，可我最喜欢的，还是“黄河之水天上来”。因为，这句话的指向是多个向度的。既是物理的，海拔 4000 多米的高原上流下来的一泉流水。也是指向虚玄的，黄河是上天派来浇灌我的家乡所有的植物的。每一棵树，每一只鸟的叫声，都夹杂着黄河水流动的声音。

扎陵湖　曹生渊 摄

鄂陵湖　赵金德 摄

黄河是一个复杂的生态系统，它不只是一条河的颜色的变化，河道的深浅或宽阔，黄河还包括沿线的湖泊，山体上的支流，以及河岸两边的人和村庄。

前些年我看到一篇卡尔维诺的随笔，他写一个热爱收藏自然生活的人，这个人四处旅行的时候会用一个瓶子装满当地的一瓶沙子回来。时间久了，他们家收藏了很多个国家的沙子，有些沙子是河边的，相当细腻，有些沙子是戈壁滩上装的，相当粗粝。一瓶沙子，这位旅行者，会编号，注明时间、地点，以及当时装沙子的心情。于是，时间久了，这位收藏沙子的人，搞了一个展览。

当时看到这篇文字的时候，我就想，我应该立即回到我的故乡，我要用瓶子装一瓶河水。那是黄河支流里的水，那也是养育了我全部童年的河水。我还要去开封城北的柳园口，去装一瓶水，那是我大学时曾经去过的地方。又或者，所有黄河流经的城市，我都应该去看一下，黄河九曲十八弯，那些曲折和转弯的地方，我都想收藏一瓶水，写上时间、地点和编号。那么，我便成为一个收藏黄河的人。虽然要做完这件事情，可能需要很长的时间，但只是想一想，便觉得心跳加速，甚至觉得生活有了热烈而持久的目标。

现在，我们就在去鄂陵湖和扎陵湖的路上。领队在汽车短波里向大家介绍，鄂陵湖和扎陵湖是淡水湖，也是黄河源头两个最大的湖泊。湖泊是河流停下来喘息的地方。这样解释可能有些太狭窄了。我应该更为宽阔一些，湖泊是河流的起点或者终点。一些小的河流最终流向了湖，而一些大湖的水，最终又通过河流汇入大海。

湖泊是一条河流思考时的样子，略胖一些。我想是这样的，因为思考嘛，总是不爱运动。

抵达鄂陵湖之后，我们这些人对着湖水一番抒情。微风，湖水波澜不惊。下午的阳光还热烈着，湖水在阳光下泛着深绿色的光泽。

这是我这一生喝的最为纯洁的黄河水了，除了高原上的几只鹰，和有限的野生动物之外，这湖里的水每一天除了风声，便是鸟鸣。这是没有人类生存的地域，极少数朝圣的人构不成生活上的污染。所以，鄂陵湖和扎陵湖是世界之外的湖。

湖水的清澈像一个十岁的孩子叫喊妈妈的声音，像岩羊在青草之间的打闹，也像是一个旅行者口渴的时候，喝到的第一口水的滋味。高原和湖泊都属于诗，我在喝鄂陵湖的水时，想到了在德令哈写诗的海子，如果他能到鄂陵湖喝一口这湖里的水，会不会将那个让他悲痛的姐姐忘记呢。

这湖水安静得像一首远古的音乐，丝弦时有时无，月光洒在湖水上，水中的鱼安静下来，水草安静下来。等我一饮而尽时，音乐声突然急促，像是大雨落在车窗上。

我们团队里所有人，都用标本瓶灌了一小瓶鄂陵湖里的水。瓶子太小了，我知道，回到中原后不久，瓶子里的水，会被蒸发掉。湖水也是记忆的一种，我们能记住的当下的事情会越来越少，年纪越大，我们能记住的，只有少年时的事情。和卡尔维诺笔下的那个收藏沙子的人相比较，我觉得，收藏黄河沿线所有地域的河水，差异性可能不会太大，因为河水经过长时间的静止，它们都是清澈的，它们丢失了所在地域的温度和湿度、风声和雨声，它们失去了作为河水的活力，成为瓶中的水。

我无法收集鄂陵湖边的风声，也无法保存这里的鸟鸣声和湖水里波纹的样子，水鸟在湖水里游弋时的样子，云彩掉落在湖水里之后再也不出来的样子。所有这些美好的东西，都无法被我保存在瓶子里。我觉得有些失落，只是觉得这样美好的东西，我只能看在眼里，却无法与人分享这样丰富的喜悦。

差点忘了，还有鄂陵湖水的味道。我不知道我喝到的那一碗水是不是可以代表鄂陵湖的水，那碗水里有歌声，是清澈的高原的歌声。那碗水几乎把我改变，我又一次忆念起我的童年，我家乡的小溪流、湖泊和水库，夏天所有的雨水。这种清晰的梳理来自一碗鄂陵湖的水，这碗水和我幼小时喝到的井水是一样的味道，一样的清澈，一样的有歌声，一样的让人变得丰富。

我们的终点是鄂陵湖和扎陵湖中间的牛头碑。这是目前最容易抵达的黄河的源头。因为再往前走，可供行驶的道路消失了。只能靠摩托车或者徒步才能前行，需要注释的是，一路上没有住处，没有饭馆和人类，没有任何现代文明的痕迹，有的是星星和动物们，有的是积雪和寒冷的夏夜。在海拔如此高的野地里，我们的团队无法抵达。除非是科学考察队，或者是专业旅行者。

我们的团队里有三江源国家自然保护区的工作人员，他们不止一次地到过源头的小溪那里，他们说，所有伟大的事物的源头，都是细小的善意。这样的解说像真理一样，让人信服。

扎陵湖和鄂陵湖是连在一起的，鄂陵湖的水来自扎陵湖，扎陵湖里的水来自星宿海，而星宿海的上游来自三个源头，其一是扎曲，其二是约古宗列曲，其三是卡日曲。是的，黄河的源头来自三条水流并不大的高原小溪。

因为这三条小河流，卡日曲长约 190 公里，是三条源头河流最长的那条，最后，卡日曲被科学考察团队定义为最为原始的黄河源头。

阿尼玛卿　才让当周 摄

而普通游客很难抵达黄河的正源，没有路，没有补给，没有住处，没有方向。有的是充满了危险的野生动物，以及沼泽和湿地。所以，我们的团队抵达牛头碑，并把扎陵湖和鄂陵湖当作了黄河的源头，来祭祀，来追念，来赞颂，来梳理一下一条河究竟是如何改变人类的语言和文明走向的。

牛头碑是现代的建筑物，1988 年，玛多县政府用纯铜铸造的。为什么是牛？我想大概和当地人对牛的依赖和信仰有关。牛一生为人类服务，终究是温顺的。而黄河在上游，不论是源头的小溪，还是扎陵湖、鄂陵湖的壮观，都是温顺的。所以，我个人猜测，用牛头来比喻黄河的源头，是有一种美好的期盼在那里，希望黄河也能像牛一样来对待人类。

牛头碑在阳光下有威严感，任何大于人体的造型，被风吹得久了，便有了仪式感。时间多么厚重又多么深情。仅仅三十余年的时间，牛头碑便有了历史感，是那种高原才有的烙印感，这种时间的痕迹大于流水，略等于日出日落。

我们给牛头碑献了哈达，每一个人，都在心里默默地许下一个小心愿。我也代表着黄河下游的一个村庄，或者在黄河边上长大的孩子，给黄河的源头献了哈达。所谓饮水思源，到此刻我才能更深刻地体味这四个字的意思。源头上的事物丰富了，那么，下游的生活才有了水源和保障。这几乎是一种生存哲学。

因为海拔的原因，黄河源头的所有湖泊，有半年的时间是结冰的。冰冻，世界安静，河流的声音只能隐藏在寒冰的下面。想想那样的景观都让人赞叹。那是多么庞大的一场行为艺术啊。我想到了我家乡的河流，或者小池塘，在冬天的时候,也会结冰,我和小伙伴们在冰上面骑自行车，相互追逐，仿佛世界都像河流上的冰一样，可以让我们行走的速度更快。

在我的乡下，冬天，大人们不再到农田里忙碌，他们收拾院子里的柴禾，重新修葺宅院，或者农具。也有家长到干涸的河道里去挖泥鳅，我们这一群小孩子便跟着去看。泥鳅长得像蛇，被挖出来以后，我们吓得四处奔跑，那真是一种丑陋的鱼。

黄河源头　卜占春 摄

在黄河的下游，豫东平原的乡村，冬天的很多条分支的小河流是干涸的。于是,一些河道便被人和牲口（牛、羊、驴子和马）踩成了乡间小道，直到第二年的夏天，上游的河水丰沛了，这些河道又会流淌起来。丰水期的时候，我们这些孩子会因为河流里的漂浮物，一整个夏天都不敢到河里游泳，因为大人们说了，每一个死在河里的孩子，都会成为一个水鬼，它们有怨恨，会报复我们这些年纪小的孩子。

乡村和水的关系有时候非常紧张，比如越是干旱的时候，河道里永远没有水。因为一条河的流动影响河两岸所有的村庄和城市。那时候，我们这些孩子曾多次想沿着一条河向上游走走，但很难实现，因为河流和村庄关系密切，它们的走向曲折，一条河进入一个村庄以后，左右盘旋，很快便迷失在一个村庄里。

夏天的河流里永远有水，如果有大雨，河道里的水会将村庄里的一些小路淹没，那么，河流便限制了我们的行走。我们去地里看庄稼，便要绕很远的路才能过去。相比较，秋天的河水最为稳定，那时节，地里的庄稼接近成熟，阳光不再炙烤大地，村子里偶尔会有放电影的人过来，宣传一些政策，也会播放陈佩斯主演的喜剧片。那是村庄最为舒适的季节，收获在即，一切都是喜悦的样子。

霜降以后的乡村显得严肃，树叶变黄了，一些鸟类开始收拾行装向南方飞去。夏天里喜欢睡在村庄外树林里的年轻人，这个时候都回到了家里。他们开始和家人吵架，关于贫穷的种种琐碎，我们这些孩子，既懂一点，又什么都不懂。每每村子里有人吵架，村庄里的狗叫声此起彼伏，夜晚的天空星星变得硕大无比，像是要告诉我们这些孩子一些秘密。

秋天的时候，是乡村里的捕鱼期，已经过了中秋，地里的农活大都结束，大人们开始喘息着寻思着明年该种点什么经济作物，好修缮家里的房子。就是在这个当口，寨外的小河流里的鱼熘了。这个“熘”字，是说鱼被一场秋鱼的凉给惊到了，在小河里跳来跳去。于是村庄里的大人和小孩子，全都跳到了河里，他们一趟一趟地蹚水，把河水弄混了，然后开始捉鱼。从那个时候起，我就知道，什么叫浑水摸鱼。

每到这个时候，家家户户的窗纱就被撕了下来，然后我和哥哥,用窗纱在小河里网鱼。哥哥两只手拿着窗纱一端，我的两只手拿着窗纱的一端。我个头矮,在近河岸的浅水区。可是，哥哥老想网到大鱼，所以，一直把我往深水区里带，眼看着我的脖子被水淹没了，还没有来得及叫哥哥，便呛了一口水，那水混浊不堪，可以想象那味道。还好，哥哥及时发现了我，把我一脚又踹到了浅水区。那真是一份快乐的记忆，每一次浑水摸鱼，我和哥哥都能捉到一盆黄河鲤鱼。那天，母亲会给我们先炸了，然后再炖一下，那是世间最美味的鱼，因为是我们亲手捉到的。

一场大雪落下，河流结冰。没有来得及到深水区的几条鱼被冻在了浅水区，我们这些孩子在冰上玩耍的时候看到了它们，用小铲子挖一个冰洞，便捉到了它们。黄河在我的幼年，提供着丰富而愉悦的美味。

结冰后的河流是对河流的一次反问，或者是背叛。河流的“流”字是动词，河水只有流动起来，河才成为河，而不是湖泊。所以，结冰了的河流在表面上停在了冬天的暖阳下。鱼在冰面的下面慢悠悠地闲散着，它们通过冰面来窥探人世间的变化。此时的黄河仿佛睡着了，它在做关于鱼如何和鸟类对话的梦。

我们抵达牛头碑的时候，正是盛夏，高原上的云彩变幻莫测，前一秒是灿烂的太阳，后一秒便有可能下一阵雨。

鄂陵湖上不时有鸟类飞翔起来，随队的导游说，这是一种野鸭子，飞得很高，远看起来，像是一种迁徙的鸟类。湖中间有小岛或是沙滩，也有成群的斑头雁、黑颈鹤在湖上飞翔。那些鸟一会儿停在鄂陵湖，一会儿向远处飞去，又停在了扎陵湖。两个湖连一起，仿佛只有这些鸟儿才知道，两个湖究竟有什么不同。

我们站在牛头碑看湖上空的云彩，鄂陵湖上的云是纯白色的，而扎陵湖的上方有一片乌云。我相信，站在扎陵湖那里，看湖水上空的云彩，也是如此。我们看到的世界，有时候未必就是真的，正如湖中的云彩，我们无法伸手打捞。世间有许多事如此。

在高原，在黄河的源头，我仿佛想通了很多之前执着的事，我把一些执着当作几块石头，扔到了鄂陵湖里，我想，剩下的人生会轻快许多。

玛沁之夜

从阿尼玛卿雪山下来之后，我经历了人生的第一次高原反应。丰富而晕眩，清晰而无助。所有大于日常生活的体验，我都觉得是对我人生过往的补充。哪怕这种体验是痛苦的。

当天晚上，我们回到了玛沁县城。在车上，领队解释给我们听，“玛多”翻译成汉语，是“黄河的源头”。而“玛沁”翻译成汉语，是“最高的山”的意思。也的确，下午，我们看了阿尼玛卿雪山，海拔高达4700米以上，雪山的主峰玛卿岗日更是达到了6282米。当地人说，比这个数字还要高1000米呢。

晚饭后，在海拔超过4000米的玛沁

县城散了散步。小县城四周是山，街道干净得像草原一样。正是晚上下班的高峰期，这个小城的街道上却四野无人。

高原和平原之间，除了空气、鸟鸣，黄河的清澈与混浊,人是最大的差异。比起我家乡的小县城,这里太安静了。安静得让人觉得孤独。

玛沁县城里几乎没有几处高房子，一些街道有大量的小院。一些店铺的门口坐着藏族阿妈，她们的手里拿着一个转经筒。这样的场景，我想拍下来，又觉得冒犯了她们，于是只好从她们身边路过。

每年春节，我都会回到我家乡的小县城一次，父母亲和哥哥都在县城里。他们喜欢县城里的人情世故，我的父亲喜欢骑自行车，母亲喜欢去邻居家串门。拥挤的县城完全复制省城的一切，却又保留着完整的县城的人际交往的策略。所以，在小县城里，我是一个被嫌弃的人。因为，多年的南方城市的生活经历，让我对人与人之间的无效的社交有了警惕。然而，一回到县城里，我便发现了，所有人情世故的本质，都是无效社交累积的结果。

玛沁草原 才让当周 摄

在高原，我发现了这里的人更能耐得住孤独。人群中找不到合适说话的人，他们便把心里的话交给信仰的神，所以，他们的表情看起来安静而谦和。这和黄河在这里流动时是安静的，保持着一致。

黄河到了下游，我的家乡，便奔流急切起来。雨季时，黄河时常对居住在低洼处的人有威胁。这就是下游的人对于黄河的态度，既感恩于它带来的流水，又害怕它带来的灾难。只要问村庄里上了年纪的人，便会说起河流，自然灾难，以及饥饿史。他们对命运充满了妥协感，因为活着本身，已经耗去了他们太多的精力。

对于上游的玛沁来说，生存的艰难远大于下游。因为这里的氧气太少了。我在玛沁看了一次日落，云彩将太阳遮蔽了一会儿，便被染红。日落的速度远比内地城市要快。几乎，我还没有完成几次深呼吸，太阳便落下了。

夜色渐袭，玛沁的夜每一分钟都在降温。我穿着长袖T 恤，仍然觉得风是冷的。这样的凉夜，让我对玛沁有了更为深入的理解。理解了藏族人的衣着，也理解了他们说话的方式。因为，这里的温度太低了，所以，晚上的时候，这里的人很少说话。说话太多，只会消耗更多的体温。

在我的家乡，一个人定然是夏天的时候说话最多，因为晚上的时候，天气太热了，他们睡不着，只好找人说说村子里的事，说说庄稼，说说河流里的鱼，说说张家的长和李家的短，那么夜色便渐渐暗了下来，人只有在黑暗中才会安静下来，而心静了，自然身体也就凉了。

没有人做过细致的记录，我想，黄河上游的人的一生，比黄河下游的人的一生，要少说数万句话。相对于黄河下游的表达的畅快，黄河源头的人内心里这没有说出的话，定然饱含着悲伤，也饱含着喜悦。他们有多沉默，便有多深情。不像我家乡的人，话说的多了，人便容易攀比，容易生出怨恨。所以，在没有温饱的日子里，我家乡的人在争夺粮食和资源。温饱解决以后的日子里，我家乡的人在争夺脸面。这样真实而生机勃勃的生活，我每个春节都能看到。豫东平原的小县城的人最擅长褒贬他人，却从不对自己进行要求。每一个小县城，都是中国世俗生活的基础。那些热烈的生活现场，和黄河滚滚奔流的场景何其相似。

在玛沁的这个夏夜，我一个人在街上漫无目的地闲走。我想看看藏族人是如何在夜晚的街头跳广场舞的。然而都没有，不论是玛沁还是玛多，海拔都超过了 4200 米，自然，这不是一个适合跳广场舞的海拔，这里只适合特殊的鸟类和动物们生存。对于人类来说,在这里活着,除了沉默,仿佛找不到更好的养生的方式。

我多想坐在一个小广场上，看着本地人谈笑，或者打牌游戏。我喜欢在陌生的人群中穿梭，我能更好地确认自己是一个外来的人。而这种陌生的身份让我保持着对所在地域的好奇心。

玛沁的夏天在傍晚时消失，夜色带来流云，县城四周的山被夜色染黑，成为云彩的一种。我看到一个菜市场，便进去逛了一下，果然有一些我不熟悉的青菜，然而，菜摊边上却并没有人来看守。市场已经过了下班的时间点。

出来市场，沿着小街一直走，看到几个行色匆匆的本

玛沁县城　才让当周 摄

地人，他们走路很快。在海拔这样高的地方，如果我和他们速度一样，那么，一定是气喘吁吁的。

玛沁之夜，在这个高原小城走了几条小街之后，我感受到了一种从未有过的孤独，是一种文化上不能融入的孤独。我想到 2006 年的冬天，那一年，我初到海南岛工作，岛屿上的漂泊感，菜市场里从未见过的鱼类和菜蔬，以及永远听不懂的海南方言，都将我隔离在海口的日常生活之外。那一阵子，我既兴奋，又孤独。精神上找不到依靠，我只好在深夜的时候开始读《鲁迅全集》。现在，在夜色渐浓的玛沁的街道上，我又一次感觉到了文化的隔离，这是一种找不到入口的孤独感。我不知道四周的山的名字，我不知道山上的树的名字，我不知道这里大雪覆盖以后的样子，我不知道这里的人热爱什么，又忧愁什么。

我反复地在心里告诉自己，我是黄河的下游的孩子，在黄河上游的每一天,我说的每一句话,拍下的每一张照片，甚至吃下的每一顿饭，都是对下游整个世界的补充。在玛沁的这个夜晚，我约等于黄河下游一条支流。我的名字叫董堂，叫许河，叫兰考，叫开封，叫河南，叫北方……

我少年时在黄河下游的记忆，在这样一个夜晚，全都活着。我看到十岁的我，在乡村的云彩里，在河流里，在庄稼地里。河流没有年龄，但我知道，河流是一堂哲学课，它教会了我们，我们不可能两次踏入同一条河流。

如今，人到中年，我越来越认同河流是一场比喻。河流里的水永远在流动，那么，永远在变化。我们每一个活着的每一个瞬间，都在接受新的事物，我们到了新的地方，看到了新的云彩，吃到了新的食物，这些更新的事物、信息、食物，都使得我们正变成另外的自我。我们不可能两次踏入同一条河流，是因为，我们自己也在变化。

在玛沁这样一个高原的夜晚，我放慢了脚步，用手摸我的心跳，感受着高原的大地与平原的不同。有那么一个瞬间，我觉得做一个中年人真好啊。我不再执着于很多事情，我学会了妥协、放下，学会了接受不同。我甚至接受了自

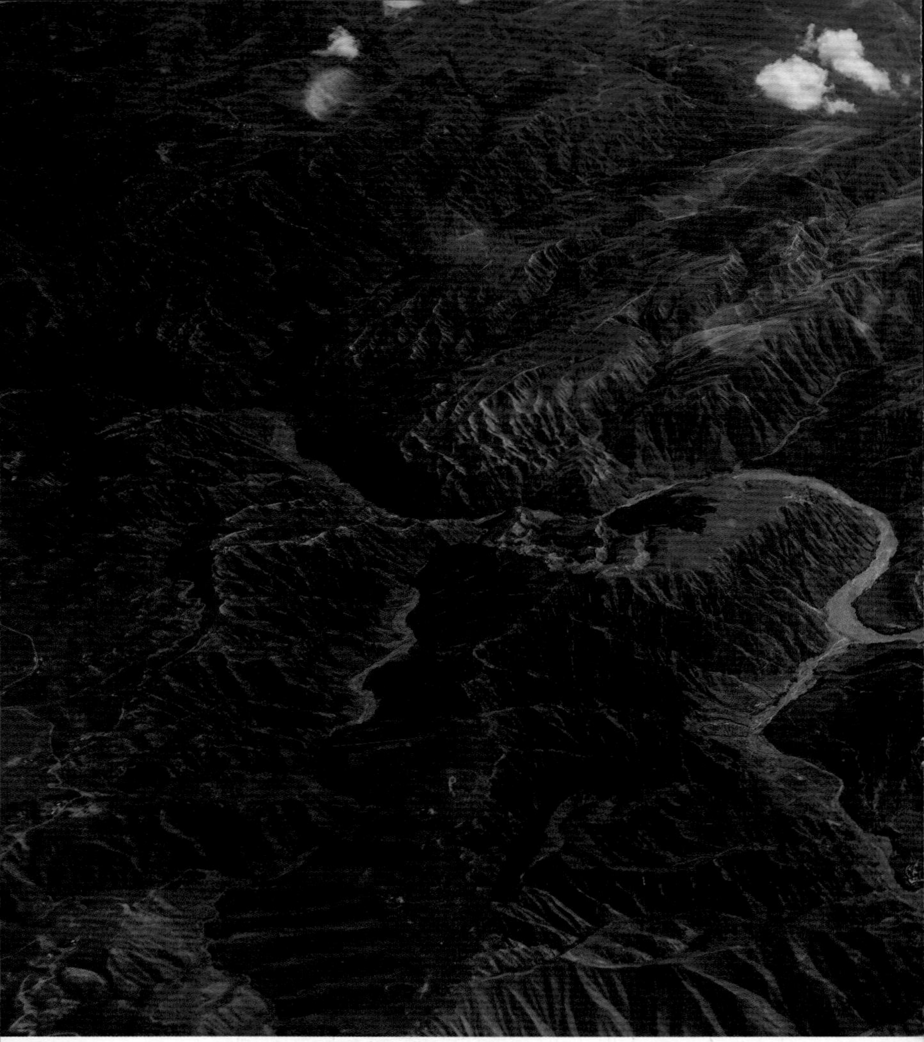

玛沁黄河　才让当周 摄

己的平庸。从平原到高原，我也接受了氧气的减少，接受了差异，接受了孤独和生活的安排。

数千年来，黄河有固定的河道，有长度和宽度，上游的孩子和下游的孩子，然而，黄河却没有青春和中年。黄河没有年龄。

我想，在湖泊里停歇的时候，黄河是一个孩子。在高山峡谷里穿梭的时候，黄河是一个青年，在平原宽阔的河道里结冰的时候，黄河是一个中年，而在春暖花开的时候，黄河又成为一个孩子。

黄河可以自我拓展，可以自我封闭，黄河大于人类的地方在于，它不停止奔跑，它不拒绝所有的支流。不论那些支流是清澈还是混浊，是给人类带来灾难，还是给人类带来幸福。黄河宽阔，丰富。

在玛沁的夜色里，我想到了几句海子的诗，那么抒情。

面对大河，我无限惭愧

我年华虚度，空有一身疲倦

和所有以梦为马的诗人一样

岁月易逝，一滴不剩

在我默念着这首诗的时候，黄河正在玛沁的两个湖里睡眠——休整——思考或者争执。然后一口气从青海流到了甘肃。它的清澈即将结束，它开始进入黄土高原，混浊而有力，黄河终于变成了黄河，泥沙在它的名字里得到了安慰。